L'AURORE

Pia Malaussène

L'AURORE

ROMAN

MERCVRE DE FRANCE

à Garance
et pour Benjamin

Le ciel, qui sait nos maux et nos douleurs,
Prend en pitié nos jours vains et sonores.
Chaque matin, il baigne de ses pleurs
Nos aurores.

VICTOR HUGO
« À ma fille »
Les Contemplations

Le sanglier sauta dans les gorges du Verdon.

Affolée par les appels des chiens et le sifflement des balles qui la rataient, la bête avait déboulé de la futaie, traversé devant moi le sentier qui surplombait la rivière et foncé sans hésitation dans le précipice.

Un chasseur surgit à son tour du maquis, le fusil à la main, tout rouge sous sa casquette militaire.

— Le sanglier, il est où ? haleta-t-il.

Je devais être ahurie car il s'impatienta.

— La bête ! Elle s'est sauvée par où ?

Incapable de prononcer un mot, je pointai le gouffre du doigt.

— Putain, elle a sauté, la conne ! C'est dingue ! lança-t-il médusé au reste de la troupe qui l'avait suivi.

— Dites donc, faut pas se promener par là, c'est pas prudent… grogna l'un dans mon dos.

Car j'avais déjà tourné les talons et rebroussé chemin pour rejoindre ma voiture, garée quelques longues centaines de mètres plus bas.

Mes mains tremblaient en déverrouillant la portière. Je m'engouffrai à l'intérieur et m'écroulai sur le siège ; mes yeux se fixèrent sur la pendulette du tableau de bord : il était tard, je ne pensais pas que ma pause avait duré si longtemps et deux bonnes heures de route m'attendaient encore avant d'arriver chez mon frère.

À l'abri dans l'habitacle surchauffé du véhicule, lâchée maintenant par la détermination que j'avais mise à traverser la France en plein été pour la peine d'annoncer l'hospitalisation d'Agnès de vive voix à mon frère, qui d'ailleurs lui aussi était chasseur et comme les autres sûrement plus enclin à se repaître de l'improbable suicide d'un sanglier qu'à se lamenter de l'avoir manqué – ils l'avaient bien eu, hein ? – je m'effondrai. Seule la rage venue me signalait l'épouvante qui l'avait précédée, à quoi je n'avais plus accès, comme l'écume porte la mémoire des vagues dont elle signe la disparition.

Un chaos de pensées m'ouvrit le crâne pour écarter un souvenir.

Ma sœur, Agnès. Cette conne aussi s'était jetée un jour, mais dans une piscine vide. Elle avait sauté, effrayée par notre frère aîné qui s'était mis à la courser, elle avait sauté certainement persuadée qu'elle ferait mieux de ne pas se mettre à sa portée. Une cheville fracturée seulement ; le reste, la peur soudaine et brutale qui venait de faire céder un peu plus le tissu fragile de son enfance, n'était pas constatable. Il a toujours dit ensuite qu'il allait simplement vers elle pour voir, lui aussi, le bassin vidé.

On n'avait pas su. Comment savoir ? Ma petite sœur était si impressionnable et inhibée, à ce point à fleur de peau qu'on ne l'approchait pas sans l'irriter… Mais ses terreurs justifiaient-elles le soupçon ?

Pourtant le saut résolu du sanglier, bondissant de la forêt, cet après-midi-là pour moi leva le doute : pour l'une comme pour l'autre, consentir à la mort valait mieux que de se rendre.

Je m'efforçais de faire descendre mon souffle mais ma respiration restait au-dessus de ma gorge. Les doigts d'une main puissante serraient mes tympans comme ceux de la main brûlante du soleil qui agrippaient la carrosserie de ma voiture pour tenter de s'y introduire.

Est-ce que je devenais folle moi aussi ? Enfin ?

Je repris la route, les mains crispées sur le volant, et le ronflement saturé du moteur m'avertit au bout de quelques kilomètres que j'étais restée en première. Après les lacets du Verdon, l'autoroute jusqu'à Martigues me détendit et je trouvai un appui dans la mauvaise humeur que cette région m'inspirait toujours. Je détestais le sud-est de la France, autour de l'étang de Berre. Ses paysages plâtreux et raides, capitonnés par des ronds-points de fleurs arides, desservant des centres commerciaux blafards et hantés, la mauvaise haleine des usines de Port-de-Bouc, ses glacières d'après-midi à la plage, son soleil de cire, ses cigales sèches.

C'est là que se terrait mon frère, contenté de vivre enfin dans une maison. Je ne le voyais qu'une fois l'an, pendant l'été, dans cette province où il s'était installé. Depuis que nous étions sans parents, le chemin de mes vacances poussait ou passait toujours par là où je me détournais quelques heures. Ce n'était pas le plaisir qui m'y conduisait ; j'y venais plutôt vérifier le lien inutile et têtu dont nous devions maintenant nous soutenir en feignant de nous plaindre de n'être pas plus souvent réunis.

Je ne me représentais mon frère que sous la figure du jeune adulte qu'il était à dix-huit ans quand il quitta la maison familiale pour rejoindre l'armée, gelé dans ma mémoire par la froideur de ses adieux. Il avait hâtivement caressé la tête d'Agnès concentrée sur un coloriage, et déjà presque au garde-à-vous s'était laissé embrasser par nos parents. Il ne m'adressa qu'un bref salut, pointant vers moi un index d'avertissement : « Tranquille, hein ? »

Seules nos six années d'écart l'autorisaient parfois à ces remarques autoritaires, toujours inopinées, car son statut d'aîné n'avait pas su l'engager à remplir auprès d'Agnès et moi la fonction du grand frère qu'ordinairement la servitude volontaire des plus jeunes contraint à des actes de protection, toujours ambivalents mais pour un certain temps commodes aux deux parties. Lui se tenait de notre enfance à une distance résolue et rien n'entamait son indifférence coriace. Nous ne l'intéressions guère en dehors peut-être des quelques cruautés réglementaires de rigueur dans les fratries. Mais les siennes étaient des accès de passions tristes, par quoi il touchait au plus bas degré de sa puissance au lieu de l'exprimer. Elles ne semblaient faites que pour vérifier si nous étions toujours vivantes et, une fois le sursaut obtenu, il nous délaissait sans triomphe.

Quand je le revoyais, je trouvais qu'il ne ressemblait plus à ce jeune homme si brusquement parti et il me fallait toujours un petit temps pour loger mon souvenir dans la personne réelle que je retrouvais. Mon frère était un homme. Enfin, il devait sûrement avoir appris quel homme il était pour être aussi taciturne et désormais se consacrer avec rigueur à la confection de confitures, de pâtés, de confits... Le rapport entre ce que mon frère savait de son humanité et sa mise en conserve se prolongeait dans la passion soudaine et maniaque qu'il avait contractée pour la généalogie. Quand l'arbre ne donnait plus de fruits et le jardin de légumes, il s'attaquait méthodiquement aux pétales de roses et allait jusqu'à récolter des cœurs de pissenlits, des fleurs d'hibiscus et tout ce qui poussait sans méfiance à portée de sa main. Je n'aurais pas été plus étonnée que ça de voir un jour sa pelouse prélevée de quelques parcelles d'herbe plus tard retrouvées en pots stérilisés. Finalement, rien ne se perdait : les carcasses finissaient en poudre, les abats en terrine ; quand il n'y avait plus rien à concasser, cuire ou vinaigrer et que les étagères de son garage étaient remplies, il fermait d'un coup sec le livre de cuisine augmenté régulièrement de ses propres trouvailles pour ouvrir celui de la famille.

Toutes ces recherches prenaient beaucoup de temps : c'étaient les lettres à envoyer aux mairies, aux diocèses, les coups de téléphone, l'attente, les réceptions et les renvois, l'ordonnancement des courriers. Il chaussait pour l'occasion ses lunettes toujours voilées d'un peu de graisse ou de vapeur de sucre et triait sans relâche des chemises colorées, étiquetées, qu'il serrait dans des classeurs sur d'autres étagères. Une loupe toujours posée sur les piles de documents facilitait le déchiffrement des écritures que les manières de l'époque rendaient presque illisibles et dont le temps avait estompé les pleins et les déliés jusqu'à en faire des pâtés délavés. Il égrenait les noms de la famille, porté par l'obsession d'y mettre de l'ordre. Il éprouvait une jouissance singulière à déplier les siècles et il fixait les filiations avec la précision d'un entomologiste. Que cherchait-il ? Des noms et des années qu'il gravait d'une pointe incandescente sur une grande planche de bois. Sur cette planche, la famille ne faisait pas d'histoires, les tracés simples des lettres et des dates chiffraient les biographies. Son écriture était une entreprise de mathématisation stricte. Il ne fallait pas attendre de lui qu'il présentât son fastidieux travail en fournissant des détails ignorés de tous sur la vie de chacun. Au fur et à mesure, la planche se remplissait mais il se refusait à tout commentaire qui pût la renseigner.

Il avait remarqué et m'avait simplement fait savoir que depuis qu'il gravait cette planche de chêne, sa drôle de cloque sur le ventre avait disparu. Ainsi avait-il trouvé comment museler l'inquiétude qui depuis l'enfance faisait le tour de son abdomen sous la forme d'une boursouflure sanguine qui se déplaçait comme un soleil et disparaissait une fois sa révolution accomplie pour réapparaître quelques semaines plus tard et recommencer le même manège. Nous suivions tous l'affaire avec attention et il s'était plus d'une fois laissé approcher par la tentation d'ouvrir la chose pour percer son mystère – et faire jaillir quoi ? une bête peut-être... – sans pourtant jamais oser y porter la lame de rasoir. Il avait fini par s'y habituer, sans doute par y tenir, car le déplacement lent et sûr de ce mal insolite avait réglé les saisons de son tourment. Ses cauchemars nous avaient longtemps réveillés et il était arrivé qu'au milieu de la nuit nous le surprenions en train de retourner sa chambre à la recherche d'une chose qu'il ne trouvait jamais. Ses crises de somnambulisme le rendaient irascible au réveil et il ne supportait pas que nous les évoquions. Son adolescence fut douloureuse et revêche et ne présentait rien qui pût donner envie de grandir à la petite fille que j'étais encore. Sauf cette trace sur le ventre. J'en avais guetté une identique sur le mien et chaque matin je tournais sur moi-même devant le miroir de l'armoire à glace de ma chambre, torse nu et bras levés pour ne pas manquer l'apparition qui, je n'en doutais pas, constituait notre héritage. J'inspectais ainsi mon corps sous tous ses angles et je vis se modifier bien des courbes sans que jamais la bête ne se montre. Je me sentais injustement épargnée et, frémissant à l'idée que ma petite sœur pût en être affectée avant moi, je lorgnais vers elle chaque fois que c'était possible, à la sortie de la toilette, à la piscine, quand elle se déshabillait... Puisque mon frère avait reçu la part qui en quelque sorte l'affiliait, j'attendais donc sur ma sœur comme sur moi, désespérément indemnes, la marque du mal étrange qui frappait notre père.

Je ne me souvenais pas de lui avant qu'il ne s'installe dans cette maladie énigmatique à quoi la médecine, dans ses avancées, avait donné différents noms sans qu'aucun ne permît un traitement efficace. Il avait bien essayé d'aider les docteurs qui s'étaient succédé en produisant régulièrement de nouvelles séries de symptômes qu'on croyait identifier enfin mais qui ne menaient à rien. Son existence monotone était ponctuée de maux de ventre lancinants qui le tordaient de douleur sur son lit ; il ne trouvait un bref apaisement qu'à se renverser, les pieds au mur et ses mains sur les reins comme si un peu de réconfort allait lui venir de voir le monde à l'envers. Ces crises, qu'on cherchait tant à soulager, n'étaient pas mortelles mais c'était entre elles qu'il dépérissait, quand on pensait qu'il trouvait enfin un répit alors qu'il était submergé par la force mélancolique de son désœuvrement. Sa maigreur concentrationnaire, ses périodes de totale apathie, ses phases de douleurs cruelles avaient tour à tour été prises en charge par la stomatologie, la neurologie, la pneumologie, de guerre lasse la psychiatrie, elle-même relayée par les magnétiseurs, les guérisseurs et finalement les chirurgiens. Mon père résistait à tout, recousu et bricolé de part en part par des Frankenstein incapables de lui greffer une âme vive.

Du jour de sa mort par épuisement de ses sursis, je ne

me rappelais que son corps bordé par des draps impeccables, ses mains restées puissantes et discordantes au bout de ses bras maigres allongés par-dessus. Je me souvenais avoir eu alors l'envie furieuse de défaire ce lit, froisser ces draps pour offrir le spectacle d'une vie qui se serait enfin débattue contre la poigne de la mort. Ce souvenir me revint alors que je longeais les eaux sales de la ville portuaire de Fos-sur-Mer et le clapotis métallique qui heurtait ses bords déposa sur mes propres rives l'idée que mon père avait lentement été usé par un batillage sournois : la démission.

Je bricolais depuis longtemps l'histoire de notre famille. Depuis l'âge où l'on peut s'occuper d'une chose en pensant à une autre, quand on cesse d'éponger les débordements du monde avec les mots fourgués à la hâte par les autres et qu'on cherche les siens.

Peut-être n'allais-je en visite chez mon frère que pour lui préciser ma fiction familiale mais à mes souvenirs et mes analyses, un peu plus étoffés et mieux combinés chaque été, il ne répondait jamais, se contentant de m'écouter jusqu'au moment où, comme d'un geste irrité on aplatit une mouche, il écrasait mon ardente catilinaire avec une remarque triviale ou une proposition inopinée : « Ça te dirait de goûter ma liqueur de volubilis ? »

J'étais bien décidée à revenir à la charge cette année-là, pas seulement pour accabler notre mère ou commenter le dossier médical de notre père mais pour lui faire part de l'internement d'Agnès quelques semaines plus tôt et lui dire ce que j'avais compris de toute cette affaire, lui exposer patiemment les figures que j'avais dégagées de l'entrelacs de nos existences. Quelque chose clochait dans notre famille et ses trébuchements successifs à n'en pas douter avaient eu raison d'Agnès. Si son effondrement pouvait ne pas être inutile, c'était à révéler quelle sorte de claudication nous faisait marcher de travers à chaque génération jusqu'à cette chute finale. J'étais sûre cette fois de captiver mon frère car j'étais convaincue que venait de se livrer, sinon la vérité, du moins l'alphabet qui allait ordonner et rendre donc lisible le fatras de nos expériences communes.

*

Je franchis prudemment l'entrée de la résidence, entre deux larges piliers en crépi surplombés de vasques fleuries. Les ralentisseurs des allées qui quadrillaient le lotissement donnaient tout loisir de détailler l'avancée des constructions chaque année plus nombreuses même s'il restait des lopins en friche arborant la pancarte « Terrain à bâtir ». Certains pavillons en travaux, impudiques et trépanés, montraient les poutres neuves de leurs charpentes, mal protégées par des bâches en plastique claquant au mistral. D'autres étaient terminés et attendaient, fraîchement déballés sur des parcelles encore encombrées de matériaux. Toutes les villas se ressemblaient malgré quelques trouvailles : ici une tourelle mijaurée, là une véranda fantaisiste, plus loin une piscine en forme de cœur, un portail moucharabieh... L'obsession de la vie privée l'emportant sur la gloriole, de hautes haies finiraient par masquer ce qu'on avait tant voulu montrer.

Mon frère habitait une maison de plain-pied et sur mesure dans ce quartier pâle auquel les grappes de lauriers-roses poussiéreux ne donnaient aucun relief, en dépit des efforts manifestes de chacun pour relever l'environnement. C'était un endroit paisible et morne et l'on pouvait penser, tant en journée on y croisait rarement quelqu'un, que les gens étaient tous à la plage, autour de leurs piscines ou en promenade au supermarché, attendus par des téléviseurs qu'on ne prenait plus la peine d'éteindre. Puis on les voyait sortir et s'égrener vers une maison ou l'autre à l'heure de l'apéritif du soir et je faisais chez mon frère la connaissance de voisins que je ne rencontrais jamais ailleurs. J'en gardais l'impression d'avoir accidentellement assisté à une soudaine migration de fantômes exsudés de leurs murs à la tombée du jour. Comme une hallucination, je les voyais d'abord surgir et se déplacer dans les allées, pousser des portails, se hélant dans un langage que l'accent et les tournures me rendaient à peu près incompréhensible. Je faisais en revanche l'expérience de ma propre disparition puisque aucun ne paraissait s'apercevoir de ma présence quand d'aventure je me trouvais sur leur passage. Je prenais soin de m'écarter quand ils étaient en bande bruyante mais je pouvais aisément les imaginer me traverser. C'est d'ailleurs ainsi que se passaient nos présentations : elles étaient fluides, sans accroche, ce qu'on n'était pas sûrs d'avoir bien saisi se préciserait plus tard ou deviendrait superflu. On pouvait bien faire comme si on s'était toujours connus puisqu'en effet on ne se rencontrait pas. J'étais pour toujours la sœur-de-Paris, celle de mon frère-ce-mariole qui avait une autre-sœur-qu'on-ne-voyait-jamais, à croire qu'il la cachait parce qu'elle devait être plus-belle-que-lui. J'avais vite compris que l'hospitalité et la chaleureuse exubérance des gens de la région traduisaient surtout une haine de l'autre que par tous les moyens ils tentaient de séduire pour en aspirer la singularité. Mais c'était précisément ce que mon frère était venu chercher : le vacarme des conversations couvrant les bas bruits intérieurs et cette dilution dans un anonymat propre à le débarrasser de lui-même. De temps en temps. J'observais pendant l'apéritif sa jouissance manifeste à être ballotté d'une vague de bêtise à l'autre, petit esquif docile tenant son maintien de n'opposer aucune résistance aux flots anisés du bavardage. Les remarques n'appelant pas de réponse, il suffisait de s'offusquer avec l'indigné, de se laisser moquer par le blagueur, de forcer un peu l'étonnement ou l'admiration, d'attendre le signal d'une grossièreté pour s'esclaffer et c'était conclu : « Allez zou ! La sœur-de-Paris, à demain chez nous ! »

Mais je partais le plus souvent avant l'apéritif-retour.

Lorsque j'arrivais, mon frère sortait sa voiture du garage pour me laisser y placer la mienne et c'était invariablement là le premier geste de son hospitalité et la seule marque du dérangement occasionné par ma visite puisque, pour le reste, il continuait de faire exactement comme d'habitude. J'ignorais ce qu'il pensait de moi, j'aurais voulu lui être familière sans lui ressembler et qu'il le supportât. Car j'avais toujours senti chez lui une sourde animosité à mon égard que j'attribuais à cette manière un peu sotte que j'avais parfois d'évoquer mes mérites, avec une assurance faite pour l'impressionner et lui plaire mais qu'il devait prendre pour de la morgue.

Saisis dans le filet de toutes les itérations qui dessinent nos lignes d'existence, minés par le souci d'inventer une forme nouvelle qui nous distinguerait des autres et nous assurerait auprès d'eux une place de choix, nous parvenons parfois à produire de petites innovations sans grandes conséquences, faites pour intéresser plus que pour se démarquer et exhibées crânement quand s'annonce la faillite contre laquelle d'un front haut l'on fait valoir généreusement les trésors en réserve ou encore possibles. La reconnaissance ne vient quand même pas et l'on se dégoûte soi-même de ces petites satisfactions ratées que d'insignifiantes victoires étaient supposées garantir.

Pourtant, je m'étais sans relâche appliquée à rapporter des petites souris, que je déposais aux pieds de mes parents, de mon frère, dans un mouvement d'offrande dont j'attendais grandes félicitations, mais de ces menues prises les autres de ma famille ne faisaient jamais le festin que j'espérais. Il suffisait qu'ils posent les yeux sur ma remise encore frémissante pour qu'elle se cadavérise aussitôt et leur regard se détournait alors en laissant passer sur moi l'ombre de sa perplexité. Mais je ne me décourageais pas, je voulais que cette famille existât, en être membre, dépositaire de son histoire, secrétaire de sa folie.

Les événements qui nous avaient privés de nos parents avaient laissé un reste de famille dont mon frère, ma sœur et moi étions les miettes. Comme toutes les familles, celle-là offrait autant d'impasses que d'issues. À tous les étages. De la cave à toutes les extensions du grenier. Mais la nôtre avait quand même poussé un peu loin son ravage. Comme toute famille, la nôtre avait son lot d'histoires à dormir debout, de celles qu'on raconte pour continuer à ne pas se réveiller et qui servent tellement à ne rien dire qu'on en ignore le fond de vérité. Car quelque chose toujours se faufile dans les mythologies familiales, qui échappe à l'attention et se soustrait à la pensée, neutralisée par la répétition même du récit. Une fois la fable racontée et obtenu l'effet escompté, il est trop tard. La chose était là, mise en scène pour être dérobée. Il ne reste que l'anecdote, et l'esprit, quelques minutes ravi, s'ébroue mais c'est fini.

Une histoire romanesque fondait le mythe de notre étage. Ma mère y recourait pour appareiller notre père après chacune de ses dérives. Nous retrouvions alors un homme debout sur le bastingage d'un bateau, sacrifiant l'occasion sur la pierre des responsabilités, au lieu du père échoué sur les côtes désolées d'une maladie inconnue.

Ma mère présentait l'affaire comme une chance peut-être qu'il avait dédaignée et, ainsi qu'il se doit, n'avait plus jamais renouvelé son offre. À lui aussi la vie avait fait de l'œil mais il était resté fidèle à son engagement. Lorsqu'elle nous racontait cette histoire, je la sentais partagée entre l'excitation procurée par les frôlements d'une fortune aussitôt envolée et l'admiration sage mais résignée pour un homme qui ne se laissait pas agiter par la vie. Elle souhaitait que nous en retenions l'essentiel : notre père était intraitable.

*

L'histoire était celle du départ pour la Guyane où mon père avait choisi d'être muté. Je l'avais tellement entendue que j'étais capable de l'imaginer dans ses moindres détails jusqu'à sentir sur mon visage les postillons de l'Atlantique.

— Nous accosterons demain au Venezuela.

Mon père sursauta. Il n'avait pas entendu venir Pedro Suarez qui le regardait avec le sourire le plus large qu'il avait pu trouver.

— J'ai quelque chose à vous proposer, dit-il en tapant sur l'épaule de mon père.

C'était un homme jovial et avenant que la richesse avait fini de décontracter.

— André, je peux vous appeler André ? Je vous ai déjà longuement parlé de mon entreprise de bateaux à Caracas. Vous savez aussi que je recherche un mécanicien… Enfin, quelqu'un qui puisse surtout faire tourner l'affaire quand je voyage. Une sorte d'associé, vous voyez…

Comme mon père ne bronchait pas, il enchaîna :

— C'est votre boulot, non ? Je sais que vous êtes sérieux… et puis vous me plaisez ! Si, si, on se côtoie, on parle ensemble, je vous observe, pardonnez-moi, depuis plus d'une semaine. Est-ce qu'il en faut plus ? Ce boulot, c'est pour vous et un type comme vous, c'est pour moi !

Mon père secoua la tête en souriant. Pedro Suarez agita la main.

— Attendez avant de refuser ! Voilà les conditions. On pourra discuter du salaire mais en tout cas vous aurez une voiture et vous pourrez vous installer dans la maison de ma femme. Elle est grande et vous y serez confortables et tranquilles tous les trois.

Mon père était décontenancé par la hardiesse de la proposition. Il hésitait à la prendre tout à fait au sérieux mais elle avait éveillé son intérêt.

— Écoutez, poursuivit Suarez en l'engageant à faire quelques pas. J'ai besoin d'un type comme vous, vraiment. Et c'est la chance de votre vie ! Vous n'êtes pas fait pour vous contenter de peu.

Cette remarque devait avoir agacé mon père. Que savait-il du peu dont il parlait à son aise ? Et de la chance ? Et de la vie ? Et de lui surtout ?

— On n'engage pas sa famille sur la bonne impression

qu'on fait à quelqu'un qu'on ne connaît pas, répliqua-t-il sèchement.

Suarez claqua la langue contre ses dents et prit un air désolé :

— Je ne voulais pas vous froisser. Seulement, je ne sais pas comment vous convaincre. Vous m'avez dit vous-même que la gendarmerie n'était pas une vocation et que vous aviez signé seulement pour mettre votre femme et votre fils à l'abri. Vous croyez vraiment que ça va vous passionner de réparer des jeeps ? Moi, je vous dis qu'il y a pour vous d'autres possibilités. Osez !

Suarez avait planté ses yeux dans le regard de mon père qui ne pouvait plus se dégager. Quelque chose d'autre l'immobilisait.

— Vous vous méfiez de moi, dit l'homme. C'est ça ? Je comprends, c'est prudent mais c'est inutile. Je vous promets…

Il se gratta le menton, visiblement à bout d'arguments. Cela dut mettre mon père en confiance.

— Ce n'est pas seulement ça, non… dit-il en se sentant presque ferré. Je me suis engagé dans la gendarmerie… Les choses ne se défont pas si facilement… C'est un peu tard…

— Rien n'est trop tard… trancha Suarez avec un regain d'espoir. Chez moi, vous formerez des apprentis, on pourra développer l'affaire, tout est possible au Venezuela ! Tout !

Ils arpentèrent longtemps le pont du bateau. Suarez s'était calmé mais il s'arrêtait souvent et forçait mon père à lui faire face. Ses gestes étaient posés. Mon père ne sortait pas ses mains de ses poches.

Suarez avait pris une carte de visite dans son portefeuille et la lui tendait. Quelques mots étaient déjà griffonnés dessus mais mon père ne parvenait pas à les déchiffrer sans prendre la carte. Ils l'intriguaient. Il les aurait bien lus, ces mots. S'il n'acceptait pas la carte, il ne la refusait pas non plus. Il la laissait, entre les doigts mobiles de l'homme, attiser sa curiosité et tenter son consentement. Combien de minutes encore le temps serait ainsi suspendu ?

— André, prenez cette carte... insista une nouvelle fois Suarez. Elle ne vous brûlera pas les doigts. Que craignez-vous ? Comme ça, vous pourrez prendre tous les renseignements, réfléchir et vous décider en connaissance de cause. C'est juste mes coordonnées ! Vous m'avez dit que vous ne prenez pas votre poste tout de suite. Pourquoi vous ne descendriez pas avec moi demain, à l'escale, pour vous rendre compte sur place ? Vous prendriez le bateau suivant, dans une dizaine de jours...

Mon père hésitait. Il se sentit pris de vertige. Il voyait la mer lourde et de plomb, masse dans une nuit fermée. Il lui semblait que le bateau avait du mal à fendre l'eau... Après tout, cette carte, elle ne représentait pas un contrat. Juste une contingence. Justement. Travaillée par quelques infimes minutes d'hésitation, l'angoisse prit comme du ciment. Il devait absolument se retirer du jeu sans retourner les cartes et ne rien savoir. Tout était en ordre aujourd'hui. Tout était à sa place. La route était droite, tracée par la quille du paquebot, pourquoi bifurquer ?

D'une main blême détachée du corps, il repoussa définitivement la carte qu'on tentait de glisser dans son veston. De l'autre main au fond de sa poche il venait d'empoigner l'indicible qui préside toujours aux actes de volonté. La carte, maintenant, il aurait pu la prendre, elle était comme blanche, effacée.

Le bateau accosta à l'aube. Mon père ne resta pas seulement à bord : l'éventualité de descendre avait été annulée.

Mais son déni fut-il plus fort que le souvenir brûlant du port de Caracas quand le bateau mugit son départ, tandis que Pedro Suarez, transpirant et affairé, oubliait déjà mon père dans le comptage de ses multiples malles débarquées ?

*

À destination, j'ai trouvé mon frère comme prévu au même endroit : il m'attendait à la porte de son garage, les mains dans les poches de son short, les mollets en arrière et scrutant le bout de la rue par où j'arrivais. Il m'indiqua comme d'habitude les manœuvres pour rentrer ma voiture, comme d'habitude plaisanta sur ma façon de conduire et fit quelques remarques sur la chaleur, comme d'habitude. Et enfin, comme d'habitude, il me laissa m'installer en retournant à ses fourneaux. Jamais il ne demandait de mes nouvelles ou ne s'inquiétait de ne plus voir Agnès. Il parlait beaucoup de ses recettes, un peu de ses recherches et me laissait déblatérer. S'il ne m'arrêtait pas, je buvais seule mes monologues jusqu'à la lie, cet acide dépôt qui éraille la bouche quand manque pour la rincer l'eau vive de la parole de l'autre. Je repartais le lendemain, cassée par mes ivresses, honteuse de mes attentes et humiliée qu'il n'en ait eu aucune.

Mais cette fois, il ne pourrait pas échapper à ce que j'avais à lui dire.

Je le retrouvai affairé autour d'une table encombrée d'étiquettes, de pots de verre et d'épluchures… Dans sa cuisine j'étais sûre de le tenir, sans trop savoir par quel bout m'y prendre ; alors je suis partie d'un peu loin pour le surprendre et parce qu'il me semblait que de là, les perspectives étaient nombreuses. La mémoire pouvait nous réunir.

— Tu te souviens de la Guyane ? On n'en parle pas souvent. Ce serait chouette de partager nos souvenirs…

Nous n'évoquions jamais cette période de notre existence, laissée pour morte dès notre retour mais dont je faisais un motif de fanfaronnade quand au collège j'apportais les photos exotiques d'Indiens en pagne au bord du Maroni.

Ma proposition innocente sembla déstabiliser mon frère que je vis se raidir sans comprendre les raisons de son malaise évident. Je poursuivis néanmoins.

— Tu te rappelles comment ils attrapaient les singes en Guyane ? demandai-je.

— Non.

Il restait sur la défensive.

— Avec des pièges, mais pas n'importe lesquels…

Il me regarda par-dessus ses lunettes, s'arrêtant, pour un instant de doute, d'écrire sur ses étiquettes.

— Comment tu t'en souviendrais ? Tu étais trop petite, trancha-t-il.

— Je m'en souviens très bien au contraire.

— Allez, tu avais quoi ? Deux ans, trois ans au maximum…

— Non, tu te trompes, c'est Agnès qui avait trois ans quand on est partis.

Il déchira une étiquette qu'il venait de raturer.

— Tu me fais écrire n'importe quoi !

— Moi j'avais sept ans ! Je te dis que je m'en souviens !

Si j'avais été moins occupée à me défendre, son anxiété palpable m'aurait un peu alertée :

— Et tu te souviens de quoi exactement ?

Certains colons initiés par les locaux adoraient la cervelle fraîche de singe vivant, tirée fumante du crâne décalotté du petit animal pris dans des tables trouées d'où dépassait seul le haut de la tête. De cela je ne me souvenais pas ; ma mère me l'avait raconté pour me rapporter une de ses pires expériences de dégoût en Amazonie. Mais je revoyais pourtant les bouteilles se balancer dans les arbres et j'entendais encore les cris stridents des singes effrayés.

— Mais non, ricana mon frère, tout ça c'est des histoires. Tu imagines le tableau ? T'as toujours eu une de ces imaginations !

Les Indiens volaient des bouteilles en verre dont on embarquait des chargements pour le Brésil. Ils choisissaient celles qui avaient de gros goulots et les attachaient dans les arbres après avoir mis une banane verte à l'intérieur. Les singes arrivaient, les plus jeunes glissaient leur main dans la bouteille pour saisir la banane et ne pouvaient plus la retirer, les doigts crispés sur le fruit qui ne passait pas à l'horizontale. Ils criaient alors très fort, pris de colère puis de panique à l'approche des Indiens. Mais ils ne lâchaient pas la banane. Ils secouaient la bouteille, gesticulaient en poussant des hurlements affreux mais restaient la main coincée dans le goulot. Les Indiens n'avaient plus qu'à les cueillir pour les vendre vivants au marché.

— Jamais entendu parler de cette histoire !

Il se tourna vers la cuisinière. Un soupir loin trouvé souleva péniblement ses épaules. On entendait la marmite, agitée de gros bouillons. Je m'adossai au réfrigérateur pour rester dans son champ de vision. Il remuait la soupe épaisse des fruits mis à cuire. Il n'était pas tout à fait à ce qu'il faisait.

— Tu t'en souviens bien de la Guyane, toi ? demandai-je en lui tendant un torchon pour qu'il rattrape sans se brûler la cuillère en bois lâchée dans la bassine.

— Non.

— Pourtant, tu avais treize ans. Tu dois bien avoir des souvenirs ? Tu n'en parles jamais.

— C'est loin, c'est tout. Pousse-toi, je vais prendre les pots dans l'évier.

— Maman disait que les crises de papa ont commencé là-bas. Et que c'est pour ça qu'on est revenus en France. Tu te rappelles ?

— Non, je t'ai dit ! Passe-moi les couvercles.

Il se mit à remplir les pots d'une gelée rouge translucide, des fleurs d'hibiscus. Son visage était crispé. Je ne savais plus pourquoi, souhaitant arriver à parler d'Agnès, j'étais passée par la Guyane où toutes les deux nous étions nées, à quatre ans d'écart. Je m'étais égarée et, comme la piste était perdue, je n'avais plus qu'à avancer.

— Je crois que papa était miné de ne pas avoir accepté la proposition de s'installer au Venezuela... insistai-je. Ça devait le rendre dingue !

— Oui, peut-être...

Son acquiescement me surprit et m'inspira aussitôt la certitude d'être sur la mauvaise voie. Mon hypothèse le soulageait visiblement, comme on peut l'être de voir s'égarer celui qu'on a aux trousses.

— Ou alors c'est pour autre chose, rebroussai-je rapidement.

— On s'en fout ! maugréa-t-il. Ce qui est certain, c'est qu'il était malade, il avait mal aux tripes comme il disait. On ne saura jamais ce que c'était.

— Si, on sait aujourd'hui pour son mal de ventre. Mais ce n'était pas que ça. Il était dépressif.

— On n'a pas envie de rigoler quand on est malade.

— Il était sinistre, oui !

— Peut-être. Mais la plupart du temps, ça allait bien.

— Oui, enfin, ça a quand même été de moins en moins bien, excuse-moi ! Quand on est revenus en métropole, il était très mal. Il ne s'occupait pas du tout de nous ! En tout cas, il nous faisait peur ! dis-je en tentant de lui tendre à chaque pot rempli le couvercle correspondant.

— Tu as manqué de quelque chose ? Agnès et toi avez été malheureuses ?

— Ce n'est pas si simple, je dis seulement que…

— Est-ce que vous avez manqué de quelque chose ? Est-ce que vous avez été malheureuses ? répéta-t-il sèchement.

Son ton avait changé et il avait arrêté net son geste, plantant dans mon regard un œil féroce. J'étais allée trop loin et la dernière alerte venait de se déclencher. J'aurais pu entendre des verrous claquer de toutes parts : j'étais bouclée dans une question dont il réduisait tant l'espace que la moindre tentative de dégagement me bloquerait davantage. Seul le silence pourrait relâcher la pression et je savais qu'en me tenant tranquille l'étau se desserrerait ; après quelques minutes, rien ne se serait passé. Il n'était pas méchant. Avec le temps, il s'était même un peu apaisé. Il voulait simplement n'entendre parler de rien.

Moi, certainement, j'avais été malheureuse. Mais je n'étais pas sûre pour Agnès. À notre retour, elle s'était repliée et j'avais remarqué que sa petite silhouette ne débordait jamais de l'ombre de notre mère tant elle restait collée à elle. Elle parla très tard et de façon purement informative, nous suivant du regard sans broncher. Agnès n'avait pas le loisir d'être malheureuse car avec méthode et sagesse elle s'appliquait à la déréliction et se préparait ainsi à la folie, en s'y prenant à l'avance. Presque par prévention, elle s'entraînait à l'absence en se rapprochant discrètement de la marge de cette famille où la tristesse s'était invitée, comme un visiteur encore timide séjourne parfois dans la maison sans laisser deviner qu'il va s'y installer. Un jour, il n'est plus délogeable. L'envahissement est total. Mais Agnès était déjà hors champ.

Il fallait que j'arrive à dire ça à mon frère. Et aussi qu'elle venait d'être internée. Je ne voulais pas qu'il le prenne comme une simple annonce ne concernant qu'Agnès. J'étais persuadée que nous avions à en répondre. Peut-être étions-nous fous aussi mais d'une autre manière, plus accommodante, moins visible... La folie se moque de la cible, elle s'occupe de viser et nous étions évidemment plusieurs sur la trajectoire, juste traversés par la pointe précise venue se ficher en plein cœur d'Agnès. Il y avait à savoir ce qui avait débandé l'arc et à quel moment. Mais cette question ne m'effleurait pas car à l'époque je supposais continu le mouvement qui du fond de notre parentèle avait discrètement propagé ses secousses jusqu'à la catastrophe dont Agnès portait finalement seule la trace avérée.

*

Ce fut la concierge de son immeuble qui m'appela parce que Agnès faisait du tapage et frappait aux portes des voisins, d'un palier à l'autre, en proposant de leur expliquer la structure fractale des ailes de papillon ou du chou romanesco. Elle avait fait des fractales le sujet de sa thèse de biologie sous le titre « La dimension fractale des trajectoires oculaires appliquée au domaine des facteurs humains », obtenue avec les félicitations du jury et une mention très honorable. On lui proposa de publier sa thèse. Agnès avait toujours été une élève sérieuse, très douée en sciences. Mais ses études universitaires furent longues, ralenties dans leur progrès par des moments de grave dépression. Elle était toujours restée discrète sur la force et la nature de ses troubles et, de notre côté, nous avions réussi à oublier les perturbations de son enfance. Elle sembla aller mieux dès son entrée dans le cycle des recherches. Elle m'avait expliqué ce qu'était une fractale en me montrant la structure étonnamment régulière et démultipliée d'un chou romanesco dont la plus infime partie reproduit la forme du chou lui-même. Du mot latin signifiant brisé, cet objet géométrique infiniment morcelé laisse en effet apparaître les mêmes détails à des échelles d'observation de plus en plus fines. Ce constat était remarquable et je ne rechignais pas à partager son enthousiasme. Mais je pouvais me lasser de son énième leçon devant la reproduction d'une gravure d'Escher accrochée chez elle, où des diables ou des anges, selon ce qu'on regardait, étaient rassemblés en pavage et se multipliaient vers l'extérieur d'une sphère. Devenus le centre de toutes ses préoccupations, ses travaux la passionnaient et elle s'agaçait vite du peu d'écho que trouvaient en moi ses longues analyses. Je n'en saisissais pas tous les enjeux et moins encore ce qui semblait tellement lui être si vital dans cette affaire. Sa fébrilité laissait entrevoir que d'autres intérêts qu'intellectuels l'avaient engagée dans cette représentation d'un monde fragmenté : elle voulait démontrer que la complexité n'est qu'une vision de loin et que le grossissement révèle dans le chaos les lois d'un ordre simple. Agnès prétendait que la dimension fractale étirait le monde, en développait l'infini. J'avais sous sa conduite fait moi-même l'expérience étrange de cette fuite du regard, glissant d'un niveau à l'autre sans rien pour se tenir mais toujours retenu. J'avais osé lui dire que la solution fractale était donc une forme d'échappée belle. Un instant médusée, Agnès avait confirmé :

— Tu as raison, on croit que la profondeur est plus terrifiante que la surface des choses. C'est une erreur, la surface est plus complexe que le fond. L'issue fractale consiste à échapper au réel en plongeant dans son détail. Une forme de lisibilité se libère.

— C'est vrai, avais-je dit, on ne comprend rien parfois à la surface des existences jusqu'à ce qu'on s'aperçoive du petit élément qui se répète et les relie.

— Toutes les fractales ne sont pas nécessairement autosimilaires, avait-elle rectifié.

Car sans en saisir toutes les subtilités, j'étais parvenue à m'approprier quelque chose de la question d'Agnès ; en la tordant un peu, elle pouvait correspondre à l'idée que j'avais d'une similitude des existences d'une génération à l'autre au point que chaque famille présente un motif unique déclinable chez tous ses membres.

— La complexité de la surface devient très simple au niveau de la structure profonde, avait rajouté Agnès.

— Passer d'un niveau à l'autre est un risque. Parfois on se perd…

— Pas exactement. Mes expériences prouvent que dans une situation de stress, l'attention rétrécit, provoquant un effacement des détails périphériques qui permet au sujet de contrer la dispersion, avait-elle conclu en me souriant.

Ce fut la conversation la plus intime que nous eûmes jamais. Elle me faisait l'effet d'un rapprochement fortuit dans un monde improbable où tranquillement nous évoquions nos cosmogonies sans aucune nécessité de nous les rendre l'une à l'autre intelligibles. Le miroitement du sens suffisait. Nous nous étions ce jour-là laissées dériver. Mais d'aussi près que nous nous soyons croisées, la rencontre avait raté. Je savais que quelque chose d'essentiel m'avait échappé car j'en avais vu l'ombre furtive balayer l'espace qu'Agnès m'avait exceptionnellement ouvert.

Le succès de sa soutenance et les congratulations de ses pairs procurèrent à ma sœur une joie inédite. Elle rayonnait dans sa jolie robe aux motifs d'hortensias.

Mais son bonheur fut brutalement assombri par la question que je lui posai tandis que nous rangions la salle où elle avait organisé son vin d'honneur.

— Tu vas le dire à maman ?

Notre mère habitait loin de Paris depuis quelques années et nous n'étions plus vraiment en contact avec elle. Agnès se figea, tétanisée. Les gros hortensias de sa robe se fondirent dans la trame du tissu. Elle me regardait, hébétée.

— Lui dire… ? répéta-t-elle d'une voix tremblante.

Elle se détourna et se mit à marcher de long en large dans la pièce. Je ne comprenais pas la panique qui la gagnait. Elle me repoussa quand je tentai de m'approcher d'elle pour la calmer.

— Il ne faut pas lui dire… reprit-elle dans un souffle.

— Agnès, dis-je doucement, elle a quand même le droit de savoir…

Son ton monta, elle criait presque.

— Elle ne doit rien savoir, rien du tout, jamais !! Il ne faut pas lui dire, tu entends ! C'est interdit qu'elle sache !!!

— Comment ça, interdit ? C'est toi qui décides…

Son visage était cireux autour de ses yeux béants, elle semblait sur le point de s'évanouir.

— D'accord, d'accord… obtempérai-je, bouleversée. Je ne dirai rien non plus, je te le promets.

Elle cracha un éclat de rire effrayant.

— C'est moi qui ai promis ! Il aurait fallu qu'elle m'interroge mais est-ce qu'elle a seulement essayé de savoir ?

Notre mère en effet, depuis son départ, ne s'était plus guère intéressée à notre sort même si déjà adultes nous pouvions nous passer de ses soins. J'ignorais que ma sœur, autant que moi, lui en voulait à ce point. Sa surexcitation profita au ménage, la salle fut rendue à son état initial en un temps record. Pas Agnès. Son agitation ne baissa pas. Elle resta mutique jusqu'au dernier sac-poubelle et je tins prudemment mes distances. Elle refusa que je la raccompagne.

Je ne la revis que quelques jours plus tard chez sa concierge où elle avait trouvé refuge après que les voisins l'avaient menacée d'appeler la police. Quand j'arrivai dans la loge, Agnès était pitoyable, assise sagement sur un canapé. La vieille dame désolée m'accueillit avec soulagement : « … une si gentille demoiselle et instruite avec ça… Elle en a fait, des problèmes ! J'ai bien vu que ça n'allait pas fort ces derniers jours, mais là… »

Harassée, Agnès avec effort leva la tête vers moi et me dit simplement : « Bon, allons-y, je crois que c'est pour cette fois. »

Elle semblait m'attendre depuis longtemps, posée sur ce sofa. Qui aurait pu imaginer que ce serait là, à ce moment précis, près d'une dame qui se tordait les mains en secouant la tête, une sorte d'ange gardien dont le dépit sanctionnait notre impuissance à tous, que ce serait donc là que je pourrais la rejoindre enfin pour venir la chercher et l'emmener, non plus avec moi comme je l'avais tant espéré mais hors de tout, loin d'un monde qu'elle n'avait connu que démonté.

Ses yeux bleus me fixaient et son regard basculait dans le mien, y versant une détresse impudique. Ses yeux déchiraient son visage, tout d'elle s'ouvrait par là et coulait, coulait en moi le désarroi d'une enfance à qui il n'avait servi à rien que les années passent.

Personne n'avait bougé. Quand tout son regard fut passé dans le mien et qu'il ne resta de son côté qu'un gouffre nettoyé j'appelai l'hôpital et nous partîmes.

*

À Sainte-Anne, Agnès s'est agitée de nouveau. Elle marchait dans tous les sens et semblait inspecter chaque recoin de la salle d'attente du Centre psychiatrique d'orientation et d'accueil. Tout l'irritait, elle parlait très fort et j'étais gênée que l'homme qui patientait avec un jeune garçon avachi contre lui et qui nous regardait attentivement puisse aussi vite comprendre que ma sœur était complètement folle. J'aurais bien attendu un peu avant qu'il ne le constate, il aurait pu croire qu'on venait juste prendre des informations ou faire une enquête même… Qu'est-ce donc qui est si embarrassant avec les fous ? Leur ciel ouvert manque d'horizon, on ne sait pas où poser le regard avec eux, à quoi se retenir.

— Arrête de crier Agnès ! Viens ici, qu'est-ce que tu veux que je te raconte ? Mais non, je ne repartirai pas sans toi.

…

— Tu te trompes, cette affiche n'a pas été mise pour toi, regarde elle est vieille et un peu déchirée, elle doit être punaisée là depuis des années. Non, ne t'inquiète pas, ce garçon dort simplement, ça va lui faire du bien. Toi aussi tu pourrais dormir un peu contre moi. Je te réveillerai quand le médecin appellera…

…

— Tu me fais chier Agnès, putain ! Viens ici ou ils vont te mettre une camisole, je te préviens !

…

— Non, ce n'est pas ça que je veux, je veux que tu te calmes. Viens ici ou je m'en vais !

Elle consentit à s'asseoir quelques instants à mes côtés. Sa voix plaintive me supplia de la laisser m'expliquer sa théorie mathématique.

— Tu me l'as déjà expliquée Agnès ! Je sais ce qu'est un papillon, un chou romanesco et aussi les fractales ! Reste assise s'il te plaît, et tais-toi un peu…

J'avais envie de la tuer mais on s'était déjà assez fait remarquer. J'ai donc pleuré. J'ai compris assez vite, en observant ma sœur, comment un mouvement régulier et répétitif, une phrase incantatoire peuvent apporter un soulagement. Ça m'a prise moi aussi : je me suis mise à jouer avec mes doigts. Au bout d'un moment, on aurait pu confondre, me demander mon nom, tendre à ma sœur les papiers à signer, me garder et la laisser repartir. La salle d'attente était sinistre et écœurante. Ça tombait bien en fait, cette crasse résignée, cet effondrement mou, cette usure qui a fait son temps. Ces murs découragés de ne rien pouvoir contenir, juste enfermer.

L'homme avec le garçon profita d'un moment d'abattement d'Agnès pour m'adresser quelques mots. Au moins, nous avions compris tous les deux que nous étions du même bord.

— C'est vrai monsieur, vous avez raison, on peut se parler. Ça ne fait rien, vous ne me dérangez pas. Bien sûr que demain il ira mieux. Oui, c'est ma sœur, je l'accompagne. Elle s'appelle Agnès.

Ce furent là toutes les paroles de réconfort que je réussis à racler et cet effort me laissa à vif. Le jeune garçon sortit avec fracas de sa torpeur, se leva d'un bond et commença à balancer des coups de pied dans les chaises. Son père appela à l'aide en s'élançant dans le couloir dont nous ne devions pas pousser la porte. Ça avait fait rire ma sœur. Calme et nonchalant, un infirmier arriva avec un verre sur un plateau.

— Allons, ce n'est pas pour vous endormir, pour vous calmer simplement. Allez jeune homme, soyez raisonnable !

Le jeune homme accepta le gobelet et but. L'infirmier repassa les portes battantes qui se refermèrent en coupant net la fin de sa phrase :

— Le médecin est arrivé. Quand on…

— Raisonnables ! s'indigna le monsieur après un court instant et désignant son fils et Agnès du menton. Remarquez, ils disent tous qu'ils ne sont pas fous et parfois c'est vrai parce que quand même certaines choses mettent tellement en colère ! C'est difficile de savoir vraiment. Mais moi je sais, mademoiselle, on voit ça très tôt, ils ne sont pas comme les autres enfants de la famille. Je ne compare pas mais ils sont comme des petits chiots d'une autre portée, déposés là pendant la nuit, entre les autres...

C'était ça en effet : entre les autres, jamais « parmi ». Je ne pouvais pas dire que j'avais vu venir mais j'avais toujours su.

Agnès s'énervait de nouveau et le jeune homme venait de s'écrouler sur la poitrine de son père. L'homme souleva d'une main douce la tête inerte de son fils.

— Il faut te soigner. Sinon, tu pourras pas continuer tes études et tu devras venir au bâtiment avec moi. Tu n'veux pas ça n'est-ce pas ? Dites-lui, mademoiselle, qu'il vaut mieux être dans un bureau que sur des échafaudages, l'hiver.

Mais le garçon n'écoutait pas car il somnolait comme un abruti, un instant soulagé, peut-être fou pour des années. Il dormait comme l'enfant qu'il avait été trop longtemps pour pouvoir cesser de l'être, comme Agnès tout autant entravée qui, malgré les encouragements ou les exhortations, était toujours revenue sur ses pas quand il aurait fallu passer la porte du jardin. À cinq ou six ans, prête à sortir dans la rue pour me suivre, elle s'arrêtait net au portail, penchait son torse en avant, regardait d'un côté et de l'autre comme pour traverser et finissait par lancer loin d'elle sur la chaussée, d'un mouvement sec et rapide du poignet uniquement, le jouet qu'elle tenait. Puis très vite, elle retournait s'installer sur son muret.

La salle d'attente n'avait pas d'horloge. Nous étions au milieu de la nuit. Cet endroit était si anonyme que je me sentais totalement confisquée de moi-même et je ne songeai même pas à regarder l'heure sur mon téléphone. Ma sœur faisait de nouveau un scandale près de l'affiche qui, sur la dépression, conseillait d'en parler à ses proches. Le jeune homme bavait un peu et reprenait conscience. Son visage était comme privé de traits, il tombait mollement de ses yeux rouverts, contournait sa bouche béante pour finir de dégringoler sous le col roulé qui dépassait de son sweat-shirt à l'effigie des Rolling Stones. Je me demandai si j'arriverais à oublier cette figure amorphe. Certainement, je l'oublierais. En fait non, car elle me rappelait déjà quelque chose, j'ignorais quoi ou qui, mais je connaissais cette image de jeune homme échoué sur la poitrine usée de son père, ce tableau d'un garçon effondré et d'un père offrant sa poitrine sans lait à son enfant qui ne serait jamais un homme. Ce que j'avais sous les yeux était déjà un souvenir. Les temps se piétinaient, je me sentais perdue.

L'interne qui nous reçut toutes les deux, puisque Agnès ne voulait pas entrer sans moi dans la pièce de consultation, était un homme d'une trentaine d'années, très sérieux. J'aurais préféré qu'il porte une blouse blanche et pourquoi pas un de ces stéthoscopes que les médecins ont négligemment sur les épaules comme un collier ouvert. Quelqu'un au moins aurait été à sa juste place avec une fonction claire. Au lieu de cela, il s'assit aux côtés d'Agnès, légèrement tourné vers elle, et resta silencieux un assez long moment. Puis, très naturellement, comme s'il reprenait une conversation interrompue, il lui dit qu'en effet il était très difficile de ne pas écouter les voix qui se font entendre. Agnès, soulagée, s'installa plus confortablement sur sa chaise. Il lui demanda de se présenter, elle mentionna immédiatement le sujet de ses études : les fractales, ce découpage à l'infini, comme un kaléidoscope, « … vous savez, comme ces paysages faits en ailes de papillon… ». Il ne connaissait pas. Il lui dit alors gentiment qu'elle aurait l'occasion plus tard de leur préciser ses recherches. Elle marqua sa déception et lui confia que sa propre mère ne voulait rien en savoir, elle avait eu beau insister, ça ne l'intéressait pas. Du coup, elle n'avait rien pu lui dire, même pas qu'elle avait fini sa thèse. C'est ça qui l'avait minée récemment, que sa mère ne veuille rien savoir et qu'elle-même ne sache plus si elle devait lui dire. Il lui demanda à propos si elle acceptait de parler de ses conditions d'existence, de sa famille ? Elle ne savait pas par où commencer, il ouvrit des chemins. Il se concentrait sur les réponses qu'elle apportait et dont pas une ne répondait à ses questions. Elle était dans la ritournelle. Elle racontait des tas de choses et son débit logorrhéique laissait aux coins de sa bouche une écume blanchâtre comme un dépôt du tourbillon de son esprit. Je reconnaissais quelques souvenirs mais venant par bribes et désarticulés. Mes propres efforts pour me rendre l'ensemble cohérent étaient ruinés par la multitude des détails, les sautes de ton, l'étrangeté de la syntaxe à l'œuvre que ma grammaire usuelle tentait en vain d'organiser pour y entendre quelque chose. L'interne avait l'air moins désemparé que moi. Il avait renoncé aux questions et il opinait, ponctuait de brefs « Oui ? », « Et donc ? », sans pourtant donner l'impression de s'y retrouver. Justement, comme ça ne lui rappelait rien, il acceptait de la suivre sans rechigner ni la contredire. Puis il leva la main pour l'arrêter et lui dit :

— Nous allons prendre du temps pour éclaircir tout ça. Vous avez bien fait de venir et je suis d'accord pour que vous restiez avec nous quelque temps. Les autres pensionnaires ne seront sûrement pas intéressés par le monde fractal, c'est très compliqué cette histoire, mais vous pourrez beaucoup apprendre là-dessus au psychiatre qui vous recevra régulièrement, c'est un curieux ! Je vais noter sur votre dossier que vous êtes une spécialiste de la question.

Il se leva tranquillement, fit le tour du bureau métallique et sortit de son tiroir un feuillet qu'il tendit à Agnès.

— C'est un formulaire qui indique que vous consentez à être hospitalisée en soins libres. Quand vous l'aurez rempli, vous le signerez.

— Vous pouvez partir tranquille mademoiselle, me dit le jeune psychiatre en m'invitant à quitter la pièce. Nous conviendrons plus tard des visites.

Agnès accrocha mon bras.

— Je n'ai rien avec moi, supplia-t-elle.

— Elle vous apportera des affaires, ne vous inquiétez pas, ponctua l'infirmier qui nous avait rejoints.

Elle éclata en sanglots. En lui disant de ne pas pleurer, je me rappelai que petite déjà elle pleurait de cette façon, obscène et dégoulinante. Sans chagrin à consoler. Je lui promis de revenir dès le lendemain mais il n'y aurait peut-être de lendemains que pour moi car elle venait d'entrer dans un temps sans mesure, fait d'une succession infinie d'instants que ne rythmerait aucun jour ni aucune nuit. Pour moi, cette clarté qui coulait sur Paris continuait de s'appeler l'aurore et installait le jour qui vient toujours. Je lui offris mon visage pour y laver le désastre.

Je suis repartie de Sainte-Anne. J'ai traversé l'hôpital pour sortir rue d'Alésia. J'ai longé l'avenue René-Coty en rejoignant le parc Montsouris encore fermé à cette heure. On apercevait son petit lac et sur ses bords, à ces premières heures du jour, des canards sans tête, immobiles et qu'on aurait crus de plâtre coloré si des frissons n'avaient ébouriffé le duvet de leur col et soulevé légèrement les plumes de leurs flancs gris. Le café du coin venait d'ouvrir. Je n'y ai trouvé personne à qui m'en prendre : le garçon toujours ensommeillé était encore aimable, le premier alcoolique de la journée amorçait son ivresse avec application, le flipper ne clignotait pas en crachotant un bruit de mitrailleuse. Où le monde trouvait-il le ressort d'être aussi normal et indifférent quand tant de vies parasites s'y déchaînaient, tordues par la douleur, en proie à de vaines crises de nerfs et tandis que s'y livraient des guerres stériles contre des ennemis imaginaires toujours renouvelés ?

J'étais seule et excédée dans ce monde silencieux et prudent qui me laissait me débattre dans des histoires dont il était désintéressé et dont pas une n'aurait d'autre réalité que d'avoir été inutile.

Le jour se levait, simplement. Il ferait beau, l'air frais se dilatait déjà et le soleil, glissant sur Paris, éclairait tout ce qu'il pouvait. La ville s'ouvrait et ma sœur était internée, retenue mais son enfermement, si barricadé qu'il fût, me paraissait encore pris dans l'existence, comme une bulle dans un vase. Tandis que j'avais cette impression, qui n'était pas nouvelle mais curieusement renforcée ce jour-là, d'être enfermée dehors comme si à son internement répondait mon « externement ». Il en avait toujours été ainsi. J'avais assiégé ma famille sans jamais pouvoir franchir les portes de son territoire, toujours repoussée. Ils me trouvaient étrange et je leur reprochais d'avoir fait de moi une étrangère. Les raisons de mon éviction m'intéressaient peu, seules les stratégies d'entrée m'avaient préoccupée mais je ne passais jamais l'épreuve de la patte blanche. Mon enfance n'avait été qu'une longue méditation sur les moyens d'infiltrer ce groupe qui toujours se refusait à moi. J'avais beau être parmi eux, me réjouir de leurs contentements, rire de leurs éclats, m'indigner de leurs frustrations, prêter mon corps à leurs bourrades, mon visage à leurs vexations, rien n'y avait fait. Ils ne se laissaient pas avoir, notre langue commune ne puisait pas aux mêmes racines et ils finissaient toujours par s'apercevoir que ma grammaire s'organisait selon d'autres principes et que je ne tenais pas à la place qu'ils désignaient : « T'es bizarre quand même... » Les étrangetés de ma sœur en revanche ne les troublaient pas. Que ça parle en elle n'avait aucune importance pourvu qu'elle ne demande rien, pourvu que personne ne se mette en tête de poser des questions ou, ce qui revenait au même, pourvu que les rapports entre nous restent balisés dans une langue qui comme le bitume avait tracé des routes autoritaires. On pouvait parler de tout, tout pouvait être raconté et on ne s'en privait pas. Il fallait simplement que ce soit pour ne rien dire.

Agnès avait certainement compris cela avant moi et s'y était conformée d'instinct car jamais je ne l'avais entendue se plaindre de ces conversations empilées et branlantes quand, pour raccourcir les dimanches, notre mère invitait quelques cousins de notre père et leurs enfants et que la journée devenait une sorte de vide-grenier de l'esprit où chacun haranguant les autres déballait ses vieilleries. Mon frère s'en amusait beaucoup et d'ailleurs avait son étal, ma mère réclamée à grands cris baguenaudait auprès de chacun et passait au suivant, Agnès souriait, coudes sur la table, le menton posé dans ses paumes de main, les doigts sur les oreilles. Notre père détaillait son assiette et opinait poliment quand il ne lui était plus possible de rester à l'écart sans attirer sur lui l'attention à laquelle cette foire lui permettait de se soustraire. Car il était en général, et de sa femme en particulier, l'objet de toutes les sollicitudes oppressantes : on s'inquiétait de l'état de ses cicatrices, de la qualité de son sommeil, de son alimentation, son poids était annoncé. Ses jours étaient comptés.

À la fin du dimanche, quand tout le monde était reparti, je me retrouvais au milieu d'un champ piétiné où traînaient comme des papiers sales les bouts de récit qu'on n'avait pas pu raccrocher et les plaisanteries lourdes qui étaient retombées. Ce qui s'était énoncé d'une gueule vide, c'était la chose sans corps, féroce et exaltée, sous les espèces d'une jacasserie produite par des bouches privées de langue. Le brouhaha familial ne semblait pas déranger Agnès et on eût dit au contraire qu'il la distrayait, elle était à ce moment-là inexplicablement détendue alors que je souffrais physiquement que rien ne s'articule et de n'entendre que leurs voix. Mais s'il s'en précisait une, plus forte que les autres, je pouvais regretter de l'avoir écoutée. Agnès me confia un jour que c'était une voix de ce genre qui dans l'oreille lui revenait du dehors. Il m'arrivait parfois d'incarner pour elle cette voix du dehors et, folle d'angoisse, elle me hurlait de me taire quand le soir au fond de mon lit dans la chambre que nous partagions je parlais à voix basse pour m'endormir accompagnée.

*

Mon frère m'avait laissée en plan pour partir promener son chien, qu'un sifflement sec avait fait bondir de son tapis et tourniquer follement près de la porte, les griffes de ses pattes crissant sur le carrelage. J'en profitai pour inspecter un peu mieux sa maison à partir du canapé où le désœuvrement m'avait jetée. Je n'avais jamais eu l'occasion de rester seule chez lui. Des statuettes et figurines d'Amérindiens trônaient sur tous les rayonnages et au-dessus des meubles. Des flèches, des coiffes emplumées, des poignards, des calumets étaient accrochés un peu partout sur les murs. Une photo en noir et blanc prise en Guyane par mon père appuyait son cadre sur le rebord de la fausse cheminée : un jeune Indien magnifique, vêtu de son seul pagne et d'un collier de perles, se dressait fièrement sur une pierre plate au bord du Maroni, que je reconnaissais. Derrière lui, la forêt amazonienne. Ses cheveux longs et lisses tombaient sur ses épaules puissantes. Son torse était large et musclé, ses jambes bien fuselées, solides. Au bout de son bras gauche légèrement écarté du corps, il tenait à la main une sorte de gallinacé, un agami trompette. Je me souvenais que mon frère et mon père en rapportaient parfois de la chasse avec les Indiens mais ma mère peinait à s'en satisfaire comme poulet dominical. Elle avait adoré l'Amazonie mais toujours refusé de cuisiner les gibiers locaux.

Mon frère tardait à revenir. Je quittai le canapé et m'approchai de la table où se trouvaient la fameuse planche généalogique et le matériel de pyrogravure. Les noms que je ne connaissais pas de nos très lointains ancêtres m'intéressaient peu mais je retrouvai avec plaisir ceux des générations plus proches dont je connaissais les histoires. Je les tenais de ma mère, laquelle ayant perdu tous les siens durant la guerre et grandi chez les sœurs me laissait la harceler de questions sur la famille de mon père. J'aimais ces récits dans lesquels j'espérais trouver l'écho du père que je ne connaissais pas mais qui à une époque avait bien dû parler pour raconter toutes ces histoires à sa femme. J'étais chaque fois déçue : c'étaient d'autres qui les lui avaient rapportées et même s'il pouvait m'arriver de glaner au passage quelques détails sur l'enfance de mon père, de sa parole à lui il n'y avait aucune trace.

Sur la planche, je lus le nom d'Antoine Soulas, notre grand-père paternel. Ma mère savait quel homme avait été ce vieillard mélancolique et doux. Elle l'avait découvert en fouillant dans une vieille boîte où mon grand-père conservait des lettres et une mystérieuse photographie qui le montrait à cheval, avec des bottes de cuir et une veste en daim. À n'en pas douter, ce cheval était le sien, sa main sûre et confiante retenait l'animal en s'abandonnant légèrement sur le haut de la selle. Il souriait.

Ce cliché vieilli était l'unique trace visible du séjour d'Antoine Soulas en Allemagne comme prisonnier de guerre dans la ferme d'une veuve. Avec un rire embarrassé, il avoua à ma mère qu'elle était devenue sa maîtresse. S'il fit de sa belle-fille son unique confidente, c'est parce que son fils était allé la chercher à Paris et qu'à Paris, les femmes ne se formalisaient pas des petites croches de l'existence. La preuve, Denise mettait du rouge à lèvres qui faisait des marques sur les cigarettes qu'il lui achetait lui-même au café-tabac du village, imposant par ce petit scandale la liberté de cette jeune femme blonde qui devait lui en rappeler une autre. Alors il lui confia son chagrin de quitter l'Allemagne à l'armistice et quelle peine il éprouva à retourner dans sa ferme à lui, près de sa femme et des deux enfants. Il allait falloir plus de six années pour faire le troisième, mon père. Le cœur n'y était pas, n'y serait plus. Mais le corps avait fini par rentrer. Pour cet homme revenant sans son âme, sa carcasse pesait un poids mort et il avait beau l'éreinter dans les hauts pâturages, la traîner l'hiver dans l'air glacial de la cour qui résonnait de ses coups de hache sur le billot d'où retombaient à vif les bûches endormies, sa molle existence restait impavide. Il n'avait plus rien à vendre au diable mais il pouvait encore jeter dans le gave cette vie inerte qui ne serait pas contre le soulagement de couler. Ma mère semblait connaître tous les sombres secrets d'Antoine Soulas et mon intérêt suffisait à la rendre bavarde. Ma passion de savoir leur donnait aussitôt et sans prudence l'éclat de la vérité mais comme son éblouissement est une forme d'aveuglement, mon grand-père à peine saisi profitait de la lumière pour m'échapper.

Ainsi croyais-je le surprendre au bord de l'eau, les poches pleines de pierres, pour se noyer comme il l'avait dit à sa femme et voilà qu'il n'y était pas encore mais qu'il remontait les bords du torrent vers le cirque de Gavarnie pour y trouver de plus profonds bassins. Perdu de vue, je le pensais englouti mais voilà qu'il s'asseyait, essoufflé, sur un rocher plus plat que les autres, remis de son désespoir et torchant de son béret la honte sur son front. Je l'imaginais triomphant, dans sa résolution à vivre, poussant la porte de chez lui d'un geste éclatant, mais voilà qu'il hésitait dans la flaque de lumière du café-tabac où il entrait finalement boire un verre avant de retourner à la ferme, minable et résigné à la prochaine dispute avec sa femme. Peut-être mon grand-père ne prit-il jamais cette décision de continuer de vivre ; elle se sera imposée de fait, comme ça, à la fin des journées ou chaque matin qu'il se leva sans même y penser, un geste en entraînant un autre, aussi désolé, aussi simple, aussi abruti de nuit finissante que n'importe quel autre.

Mais il avait vraiment hésité à se pendre après la mort de sa femme, un soir de Noël dans l'église glaciale du village. Ceux qui patientaient sur les chaises virent le corps de Jeanne Soulas basculer du confessionnal en décrochant dans sa chute le rideau auquel elle s'agrippa avant de s'écrouler sourdement sur les dalles. Le cœur serré depuis longtemps, elle mourut pourtant d'un coup. Quand on la ramena à la ferme – sur ce souvenir seul mon père déverrouillait sa mémoire –, les yeux encore ouverts de sa mère empêchèrent l'enfant de cinq ans qu'il était alors de comprendre qu'elle ne vivait plus. Il refusa net de s'en approcher et disparut toute la journée des funérailles. Au fond il ne crut jamais à sa mort et je comprenais qu'il avait voué à ce déni le mort-vivant qu'il devint lui-même. Pour cela, il passa des années à se désincarner discrètement jusqu'à s'alléger assez pour survoler l'existence : de plus haut, il verrait peut-être mieux où se cachait cette mère qu'il avait juste perdue. Mon grand-père racontait volontiers combien mon père, enfant, errait comme un fantôme, pas triste, non, mais silencieux, oui, très réservé. À ce petit dernier plus fragile, effacé, Antoine Soulas était lié par un sentiment de détresse et d'affection désolée. Souvent il le tenait contre lui, sur sa poitrine, au plus près de son remords où là seulement l'enfant pouvait approcher la mère constamment réclamée. De cet enfant séparé des deux autres, il était le plus proche. Ma mère en était convaincue : le berger avait eu trois fils mais Antoine Soulas n'en avait qu'un. Ces deux-là supportèrent le même exil : l'un en quête d'une terre assez étrangère pour y disparaître, convaincu qu'il fallait laisser reposer celle qu'il avait partout soulevée et y revenir plus tard trouver les traces de l'égarée. L'autre par deux fois déraciné et maintenant banni par le village qui le tenait pour responsable de la mort de sa femme. Ils se tenaient ensemble et chacun seul, à l'autre bout de tout. Antoine Soulas ne s'étonna d'aucun des départs répétés de son fils : de la ferme, de l'usine, des Pyrénées, « de la France »... Mon père avait juste envoyé une carte longtemps conservée dans la même boîte à souvenirs de mon grand-père : « Nous partons en Guyane. Je t'écrirai. André. ». Une unique carte.

Notre long séjour en Guyane avait inquiété mon grand-père car il pensait que là-bas il y avait un bagne où pullulaient des assassins enchaînés, boulet au pied, construisant des routes dans la forêt vierge. Ce fut la seule chose qu'il demanda, un soir, sur nos neuf ans d'éloignement : « Et les bagnards ? »

Nous étions dans la pièce unique de la ferme, tout m'y était inconnu et m'enchantait : son obscurité, l'énorme gueule noircie du foyer où je tenais tout entière debout, l'armoire immense dont le haut débouchait dans le grenier dont on avait scié le plancher pour qu'elle passe, les cuillères en buis, un évier sans robinet, les petites fenêtres dont les vitres n'avaient pour seule trace de nettoyage que celle, oblique, des mains qui en avaient essuyé la saleté pour voir dans la cour après qui aboyait le chien.

J'entendis mon père répondre très sèchement au vieil homme intimidé :

— Il n'y a plus de bagnards en Guyane.

— T'en as peut-être connu un qui s'rait pas r'parti… insista le grand-père.

On en avait rencontré un en effet, je le voyais souvent avec mon père au garage et à la maison parfois quand ils rentraient de la chasse. C'était un « Vieux-Blanc », comme on nommait les anciens condamnés restés sur les lieux après la fermeture du bagne de Cayenne parce qu'ils n'en étaient plus à vouloir retrouver la douceur des lampes de l'appartement bourgeois où leur famille mourrait de honte plus sûrement que de chagrin. Il racontait des anecdotes que mon frère, à treize ans, écoutait avec avidité et son exaltation me captivait souvent davantage que ces histoires que je ne comprenais pas toutes. Mais l'une d'entre elles m'avait durablement impressionnée : un de ses copains forçats avait été condamné à la peine capitale et la « veuve » avait été dressée dans la cour du bagne. Il demanda à cet homme de lui faire un clin d'œil juste au moment où le bourreau saisirait sa tête tranchée, par les oreilles puisque les forçats étaient tondus, et l'exhiberait devant les rangs agenouillés du reste des bagnards. L'œil avait cligné.

— Non ! grogna mon père. Tu imagines un gendarme fréquenter un bagnard ?

Je me retournai vers mon père, il était livide, les mâchoires serrées, très loin de l'émotion qu'il avait manifestée en arrivant à la ferme.

Le grand-père capitula. Je ne compris ni la dissimulation ni la violente réaction de mon père, mais d'instinct je réprimai le démenti que les enfants aiment tant jeter dans la mare des mensonges. Le vieil homme ne posa plus jamais la moindre question, pas même sur la maladie que mon père avait rapportée. Il oublia la Guyane et ses forçats, seul compta pour lui notre retour dans la même région ; il se réjouissait de connaître enfin ses deux petites filles, notamment la dernière, qui lui avait « volé ses yeux bleus » comme il disait. Quand le grand-père fut trop vieux pour faire les transhumances, le troupeau passa au fils aîné et le grand-père vint régulièrement nous visiter quelques semaines dans la petite ville d'Ariège où nous avions échoué.

J'aimais ce vieillard et je le trouvais beau avec son béret en arrière qu'il ne quittait jamais et sur lequel je pensais cousues les boucles blanches qui l'auréolaient. Il passait avec ma mère de longues journées, certainement à discuter puisque les quittant le matin attablés je les retrouvais au même endroit en rentrant de l'école. Seule la demi-heure précédant le retour de mon père le rendait nerveux. Il allait alors à la fenêtre guetter son arrivée et, dès le bruit de la voiture dans la ruelle, filait sur le perron pour l'attendre en haut des marches. Comme ils ne s'embrassaient pas, mon grand-père donnait une tape sur l'épaule de son fils et le suivait partout jusqu'au moment où l'on passait à table. Peu diserts, mon père et le sien faisaient néanmoins l'effort de se parler un peu et le prosaïsme de ce qu'ils échangeaient d'abord pouvait surprendre chez ces deux êtres dont l'avarice des propos semblait indiquer le poids qu'ils accordaient à la parole. En fait, ils se jetaient sur l'occasion d'un fait extérieur, des hasards de la journée pour casser la croûte de leur réserve et partager un bout de quelque chose. Mais, d'une banalité à l'autre, leur conversation s'épaississait un peu et la prudence soudaine de leur aparté en disait toute l'intimité. Je devenais alors une oreille tout pavillon ouvert. J'interprétais leurs phrases, je croyais saisir des allusions, j'imaginais des sous-entendus. Je ramassais tous les pauvres lambeaux de leur échange dans l'idée que je pourrais ainsi recomposer le tissu de leurs existences et qu'un jour, je brandirais l'étoffe qui les rendrait enfin visibles, leur permettrait de se draper, les réchaufferait. Je voulais savoir, comprendre et leur remettre ensuite leurs vies : « Alors c'était donc ça ! » auraient-ils dit, reconnaissants. Mais leur admiration aurait compté pour presque rien comparée au bonheur de les voir soulagés et enfin rétablis.

*

C'est en pleine forme mais ruisselant de sueur que mon frère rentra de sa promenade. Son chien tenta bien une avancée vers le salon mais, docile, retourna vite sur le tapis où trois petits tours sur lui-même le rendirent à sa position préférée avec un grognement de contentement ou de résignation, on ne sait pas. C'était un chien d'arrêt assez élégant, un « braque allemand truité » m'avait-on dit. Mais quand il était comme ça, allongé de tout son long sur son bout de moquette, la gueule entre les pattes avant et l'œil plus vide que celui du gibier rapporté, on était saisi d'un léger écœurement, dès l'instant qu'on avait reconnu la soumission sous le dévouement.

Mon frère m'informa que sa femme travaillait de nuit, nous serions seuls jusqu'au lendemain. Je pensais que je pourrais ainsi lui parler tranquillement, mais surtout que j'avais le temps de trouver le moment propice. Il me dit que le soir il dînait sur la terrasse, pas le midi, il y faisait trop chaud. Un souvenir me traversa.

C'était un été convalescent. La terrasse du restaurant était éclairée par de jolis réverbères, la table était ronde sous sa nappe blanche, nos parents affectaient la même façon tranquille et distinguée d'attendre la commande. Agnès, encore petite, se mit à pleurer. On lui donna de l'eau, un morceau de pain mais elle semblait bien décidée à ne rien accepter. Mon père lui demanda de se taire, gêné par les coups d'œil encore amènes de nos voisins. Les enfants, on sait ce que c'est, jusqu'au moment où on ne comprend plus ce qu'ils veulent. Ma mère perdit la bataille menée à grand renfort de promesses puis de menaces. La petite hurlait maintenant, indifférente à sa crainte habituelle des punitions. Les soupirs appuyés des mêmes voisins, finalement agacés des pleurs incoercibles de la petite sœur, ouvrirent le drame. Mon père se leva, empoigna Agnès par le bras sans ménagement et l'entraîna un peu plus loin derrière des buissons qui les dérobèrent à nos regards. Les cris qui avaient redoublé se calmèrent soudainement. Il la ramena à table blanc de colère et elle, absente comme s'il était revenu sans elle. Aucun son ne sortait plus de ses lèvres tremblantes, son petit corps secoué de sanglots muets remonta sur la chaise. Le repas commença, se poursuivit et se termina dans un silence absolu. Histoire sans paroles. Il n'y avait rien à ajouter. J'aurais donné n'importe quoi pour savoir ce qu'il lui avait dit, envieuse de la chance qu'elle avait eue d'être touchée par un mot de lui, un mot sans crier, si puissant qu'il avait écrasé la colère et éclusé l'enfant.

Mon frère me dit qu'il allait prendre une douche. Il me parla du menu du dîner, fit une plaisanterie. Je regardais les pots de confitures encore tièdes qu'il rangerait plus tard. Je me sentis fatiguée, découragée, comme débranchée de ce que j'étais venue faire. Je n'étais plus convaincue du tout de la nécessité de lui décocher mes sous-entendus pour tenter de l'entamer un peu, ébranler cet homme épais qu'il était devenu, sûr de lui, parfaitement insubmersible. Il valait mieux que je me lance franchement. L'échec du passage par les singes était encore cuisant. Je me pris à envier la mécanique simple de son existence dont il maîtrisait l'allure alors que j'étais secouée par les embardées d'une vie chaotique au rythme imprécis et à la destination approximative. J'aurais pu ramasser de-ci de-là des moments heureux, apprendre les rudiments de la stérilisation et passer moi aussi le reste de ma vie à faire des confitures. Pourtant je devais lui parler, lui expliquer. Ma lassitude pouvait m'y faire renoncer mais un fond de colère lui résistait. Car pour moi, il y avait Agnès, petite fille gâchée dans cette enfance perdue, ou l'inverse, comme elles le sont toutes, ces enfances gâchées avec les corps égarés des petits enfants, vouées à construire des vies d'adultes qui ne tiennent debout qu'érigées en monuments aux morts, avec ces noms gravés…

*

Il sortit sur la terrasse, pour prendre une serviette étendue sur le fil à linge du jardin.

— Des nouvelles de la mère ? me lança-t-il en repassant devant moi.

Quand bien même j'en aurais eu à lui donner, le loquet de la porte de la salle de bains était déjà poussé.

Il la qualifiait ainsi depuis son départ, sa fuite pour mieux dire, et j'étais bien en peine de savoir si cette manière ostensiblement irrespectueuse visait à marquer ou maintenir son détachement ou si notre mère déchue était devenue pour lui le fétiche abhorré de la maternité à laquelle du reste il avait refusé d'être mêlé. Son couple était sans enfant.

La mère, comme il disait, donnait à peine quelques signes de vie. À ma sœur et à moi, elle postait un courrier une fois par mois, avec une certaine assiduité malgré notre silence obstiné. Je n'entendis jamais mon frère mentionner qu'un quelconque envoi lui soit parvenu. Au dos des cartes postales qu'Agnès et moi recevions, elle avait fini par ne plus écrire que nos adresses et apposer sa signature, laissant à la photo glacée la charge du message. Agnès découpait consciencieusement les siennes et, pour ma part, je lisais en détail les légendes en petits caractères : un poème, une phrase, une formule, l'adresse de l'imprimeur, des noms de lieux. Toujours les deux mêmes, sous différents paysages : Strasbourg et Saint-

Jean-de-Luz. Dans les courriers vides et réguliers de notre mère, je voyais un acharnement de sa cruauté, surtout à l'égard d'Agnès qu'elle avait sans scrupules lâchée au sol après l'avoir si longtemps tenue par la peau du cou. Elles semblaient pourtant indissociables et je n'avais eu accès ni à l'une ni à l'autre: agglutinée à elle, Agnès obstruait les passages et comblait toutes les places. Leur nouage m'avait enseigné qu'il ne suffit pas d'accoucher d'un enfant pour le mettre au monde. Ce savoir m'empêchait de me sentir privée de ma mère: ma solitude forcée était la condition de mon existence.

Agnès n'avait jamais bougé de la maison familiale et ma mère plusieurs fois par semaine faisait une centaine de kilomètres pour la conduire à l'université et la ramener à la maison. Agnès y passait son temps à étudier, sortait rarement, ne fréquentait personne. Les périodes de crise de notre père étaient devenues plus longues que ses périodes valides et ma mère courait d'une chambre à l'autre, soutenant sa fille, relevant son mari. Entre les deux, elle choisit un jour la porte de sortie et les laissa choir.

— Après la dérivation du cholédoque l'année dernière, sans parler de toutes les opérations précédentes, m'avait-elle soufflé au téléphone, voilà qu'on lui trouve un truc aux intestins, il ne manquait plus que ça! C'est trop pour moi, je n'ai plus le courage... Avec ta sœur dépressive en plus...

Mais oui, bien sûr, absolument elle avait été dévouée. Sans doute, certainement, à l'évidence la femme avait patienté sous la coiffe de l'infirmière, son sourire avait plus consolé que séduit, ses mains chaudes avaient apaisé sans caresser. Naturellement, franchement, forcément on pouvait s'y attendre.

— C'est la goutte d'eau, tu comprends ?

Non, je n'avais jamais compris cette expression car la goutte d'eau qui fait déborder le vase ne le vide pas mais au contraire restaure une nouvelle marge. Chez ma mère, le vase venait d'être siphonné d'un coup et je me demandais quel bouchon avait sauté.

— Dire qu'il a souffert toutes ces années et que je me suis donné tout ce mal pour une vulgaire pathologie du côlon ! Il ne pouvait pas le dire, qu'il avait simplement mal aux intestins ? Mais non, dès qu'on trouvait quelque chose, c'était toujours ailleurs, pas là, plus bas, plus haut... on est rentrés des colonies pour ça, figure-toi. Moi, j'étais bien là-bas ! C'était la vie de cocagne, des fiestas tous les soirs, une femme de ménage, une bonne antillaise pour Agnès, pour toi aussi au début mais très vite tu es devenue une traîneuse. Tu te baladais partout toute seule, ça ne risquait rien, entre les gendarmes, les villages d'Indiens et quelques vieux bagnards. La belle vie, je te dis... Je savais qu'on rentrerait un jour en métropole mais pas comme ça... Ça s'est fait du jour au lendemain, paf ! en deux mois on était dans les Pyrénées ! C'est que ton père était tombé malade. Je me souviens, il est revenu un soir du garage, blanc comme un mort, il s'est allongé et ne s'est plus relevé pendant des jours et des jours tellement il avait mal au ventre. Mystère et boule de gomme ! Pourtant, c'était le branle-bas de combat à la caserne avec cette histoire de Vieux-Blanc suicidé dans son carbet. On le connaissait, ton père surtout. Il l'employait au garage et lui, le gars, il l'emmenait à la chasse, avec ton frère. Parfois, ton père l'invitait à boire un verre à la maison. Il avait toujours des tas d'histoires à raconter, ton frère adorait ça. Ça ne se faisait pas trop à la caserne de fréquenter des vieux-blancs mais bon ! En tout cas, la mort de ce type, ça n'a pas arrangé ton père. C'est sûr qu'il n'a jamais été un gai luron, quand je l'ai connu il était même un peu triste. Remarque que c'est ce qui m'a plu, je l'avoue. Ça lui donnait un air distingué, cette réserve, ce fond de cafard. C'est la mort de sa mère qui l'avait rendu dépressif, je l'ai compris tout de suite quand il m'en a parlé et le grand-père disait ça aussi. Bref. En tout cas, on a pensé qu'il avait attrapé un truc en Guyane parce que les choses ont empiré brusquement là-bas, ses crises ont démarré. On ne savait pas quoi faire pour le soulager. Ton frère était tout retourné de voir son père dans cet état. Il en faisait des cauchemars, il était grand pourtant. Et Agnès, comme un fait exprès, qui ne voulait plus me lâcher d'une semelle et qui se mettait à trembler dès qu'on lui adressait la parole. Elle devait sentir que ça n'allait pas. C'est fou, on a du mal à croire que des enfants si petits peuvent se rendre compte. Je te jure, c'était la pagaille… Alors le capitaine a décidé de nous rapatrier. On ne pouvait pas le soigner à Cayenne.

Note bien qu'en métropole non plus. Je me suis occupée de lui toutes ces années parce que je croyais chaque fois qu'il allait mourir ! On cherchait une maladie tropicale, quelque chose qui le rongeait de l'intérieur. Il a subi tellement d'opérations, les docteurs disaient que c'était un miraculé, tu parles ! Une maladie du côlon... Eh bien moi maintenant, j'ai besoin d'air là parce qu'entre ton père et Agnès, j'étouffe ! Elle est adulte maintenant, elle peut se débrouiller toute seule. Et lui, ça ne va pas le tuer si je ne suis pas là quelque temps !

Elle décida donc qu'il était grand temps qu'Agnès vole de ses propres ailes et décréta que mon père n'avait plus besoin d'elle. Tout se démonta très vite après la rupture du contrat qui avait tenu nos parents ensemble et que rien ne désignait mieux que l'habileté maternelle à faire du père un dieu blessé dont les mutilations assurent la gloire et la noblesse. Une fois le simulacre révélé, l'homme ne la retenait plus. La grandeur de mon père avait tenu à la puissance d'une maladie qui avait tellement occupé la médecine et défié la magie que nul n'avait songé à bêtement s'intéresser au contexte de son déclenchement sur un terrain propice. La maladie du côlon faisait la blague mais personne n'entendait l'équivoque.

Ma mère s'octroya deux mois de vacances avec une amie durant lesquels, tandis qu'Agnès s'accrochait à son pilulier, il cessa totalement de s'alimenter. On l'hospitalisa au bout de cinq semaines. Elle prenait de ses nouvelles régulièrement mais ne rentrait pas. Il mourut avant son retour. Donc ça l'avait tué. Mon père regagna ainsi une forme de dignité telle qu'en trouvent certains nourrissons ou autres animaux, élevés au-dessus de leur simple condition d'êtres vivants par la démonstration de leur inflexible dépendance : mourir de la mort de l'autre. Ma mère parlait de ce désastre en hochant la tête d'un air affligé par tant de fol attachement mais reconnaissait sans fausse modestie qu'elle y était pour quelque chose car elle ne s'était pas épargnée. Ces années de sacrifice faisaient maintenant sa fortune : ainsi donc elle était le bien le plus précieux de son mari, plus chère que sa vie même. Elle plaida coupable devant nous. Le remords lui était presque un délice et sa faute reconnue masquait un sacre intime. Quelque temps d'un chagrin néanmoins sincère la retint sur les lieux mais, comme aucun de nous ne réclamait réparation, elle quitta la scène. Elle s'engagea dans une agence qui fournissait des gens de compagnie à des vieilles dames riches et esseulées. Son statut de veuve de gendarme lui assura une place et on ne la revit plus, entre la résidence principale en Alsace et une villégiature à Saint-Jean-de-Luz. La maison familiale fut vidée et rendue. Agnès trouva près de chez moi un logement à Paris.

Que ma mère ait décidé pour la première fois de passer quelques semaines avec une amie n'était pas un scandale, pas plus que son retour tardif n'était en soi une négligence puisque de toutes les hospitalisations de son mari, cette dernière ne donnait pas d'abord matière à spécialement s'alarmer. En outre, même si la rapidité avec laquelle elle avait plié bagages avait pu me choquer, je ne pouvais néanmoins méconnaître que c'était à la poursuite de sa vie qu'elle se lançait et qu'elle devait le faire vite avant d'être distancée et de perdre de vue ses rêves qui n'étaient pas si grands. La seule démission de ma mère n'expliquait donc pas tout mon ressentiment. C'était qu'en fait elle n'était pas récente. Cette idée contrariait l'expérience pourtant réelle de sa présence zélée toutes ces années auprès d'un homme malade, souvent renfrogné et parfois farouche mais dont aucune des humeurs n'avait pu lui arracher la moindre récrimination. C'était là sans doute ce qui clochait. Il m'apparut plutôt que son engagement cachait une désertion plus secrète et que mes parents étaient sur ce point des partenaires complices. En suivant mes intuitions, j'y trouvais que la détermination de ma mère à rester concentrée sur cet homme l'avait probablement distraite d'autres choses peut-être plus terribles mais je ne voyais pas ce qu'elle avait pu redouter pour ainsi organiser une telle retraite dans la maladie de mon père. Elle avait souvent semblé tenir plus que lui à ses infirmités; c'est qu'en effet on ne voit plus rien à travers l'épaisseur du corps souffrant, le monde y rétrécit et c'est une fièvre opaque que déversent, en s'ouvrant, les portes de la géhenne. L'affection sévère du côlon était triviale et sa lumière grossière menaçait d'éclairer, sans possibilité maintenant d'y être aveugle, ce qu'on avait tellement pris soin de ne pas voir. Il me devint alors évident que ma colère à son égard tenait au fait qu'elle n'était pas partie vers d'autres horizons mais qu'elle avait fui vers d'autres recoins comme un insecte surpris par une clarté soudaine dans la chambre obscure où il était planqué.

Une répulsion montait en moi et j'étais bien résolue à me laisser submerger. Ma rancune écartait l'enfant que j'avais été, qui de son petit corps héroïque et tout chargé de bons souvenirs s'était toujours interposé pour protéger sa mère des insinuations du doute : était-elle vraiment si admirable ? Mais j'étais désormais sans mémoire, aucune plaidoirie n'atténuerait la dureté de ma sentence. Plus encore que d'avoir filé, j'étais en outre incapable de lui pardonner d'avoir si longtemps caché mon père que je découvris à l'hôpital dans son plus simple appareil, c'est-à-dire sans le barrage de son corps à elle et de ses soins de taxidermiste. Depuis quand était-il dans cet état ? Il y a des morts dont le corps soudainement arrêté déborde d'une vie restée sur sa lancée au point qu'on a l'impression qu'ils pourraient se lever, nous sourire, nous parler. Le sien était à sec, raviné. Un homme mort dans une peau depuis longtemps désincarnée, soulagée qu'ait enfin cessé le souffle artificiel qui la gonflait.

*

En attendant que mon frère sorte de la salle de bains, j'allai m'asseoir dans un fauteuil du jardin. C'était la jolie heure, ce moment suspendu où le soleil donne tout ce qui lui reste en attendant que le soir se décide. Dans la cour voisine, apparemment pour lui-même, un enfant parlait à voix basse. Je tortillai la tête pour l'apercevoir à travers les feuillages serrés qui séparaient les deux maisons mais ne distinguai que la tache bleu ciel d'un maillot de foot. Un bruit de grêlons indiqua qu'il jouait avec des poignées de graviers. Sa petite solitude ignorante du monde autant qu'ignorée par lui me rappela celle de ma sœur.

Lorsque je rentrais de mes errances, je la trouvais toujours assise sur un rebord de pierre du jardin. Je jetais alors mon vélo dans l'allée et je m'installais près d'elle quelques minutes. Je lui demandais invariablement comment avait été son jeu.

Elle entendait dans son oreille des voix mêlées, une modulation chuchotée que ses lèvres tentaient d'articuler. Elle ne distinguait pas ces voix, elle ne reconnaissait pas de mots et elle essayait d'en former en faisant correspondre les mouvements de sa bouche avec les sons qui arrivaient comme une longue complainte énigmatique. Si une parole se détachait, peut-être les voix se tairaient-elles et la menace tenue dans le murmure serait repoussée. Elle n'y était encore jamais parvenue. Ce jeu, m'avait-elle dit, lui faisait un peu peur mais c'était moins pire comme ça. Quand je la voyais littéralement tendre l'oreille, je savais que je devais m'éloigner et la laisser tranquille. Isolée dans ces moments-là, elle revenait ensuite discrètement dans nos parages où elle respirait à petits coups appliqués le vent soulevé par les mouvements d'existence des autres. Grâce à eux, quelque chose circulait dans son corps reconnaissant. Elle n'en demandait pas davantage, si souvent déjà elle en paraissait saturée.

Sur le rebord de pierre, elle tenait le plus souvent ses jambes ramenées contre elle, les pointes de pied relevées, le menton posé sur ses genoux entre ses bras. Ses cheveux bruns tombaient en lourdes boucles sur ses épaules. Agnès était très belle mais je me faisais toujours la même réflexion : elle avait un corps curieusement disparate, on n'en avait pas une vue d'ensemble. Son agencement semblait toujours sur le point d'être modifié tant la répartition de ses membres donnait l'impression d'avoir été aléatoire.

Puis le moment arrivait de rejoindre les autres à l'intérieur : « Tu viens ? », mais elle ne bougeait pas de son rebord de pierre. L'ombre l'avalait, son corps ne prenait pas la lumière, ni celle de la fenêtre qui s'éclairait ni celle finissante du ciel refroidi au-dessus des arbres du jardin. La nuit s'installait doucement, la rejoignait sans effort pour attendre avec elle. À l'intérieur, la famille s'agitait et les vapeurs de la cuisine brouillaient les vitres. Dehors, tout était net. On l'oubliait facilement mais quand on se mettait à table sans elle, elle finissait par manquer. Agnès devait savoir qu'à un moment ou un autre, la porte s'ouvrait brusquement et une voix criait son prénom vers le lointain, si fort et si loin qu'elle-même s'attendait à se voir surgir du fond de l'obscurité. Elle se levait alors, passant l'embrasure de la porte où celui qui l'avait appelée ne se tenait déjà plus et elle retrouvait, devant son assiette, la place vide qui avait signalé son absence.

Mon frère apparut dans le salon et s'avança vers moi. Ses yeux étaient rougis par une longue douche, il avait peigné ses cheveux encore humides et changé de vêtements.

— Ça fait du bien ! Tu ne veux pas te passer sous l'eau ?

Mais il ouvrait déjà les placards de la cuisine pour prendre la vaisselle et commença à dresser la table à l'extérieur. Son pied nu buta sur une voiture miniature, tout abîmée, qui traînait sur les dalles.

— C'est au gosse d'à côté, faut toujours qu'il les jette par ici ! maugréa-t-il en relançant énergiquement le jouet par-dessus les troènes qui formaient la haie.

Je ne me souvenais pas d'Agnès en Guyane, elle n'apparaissait dans ma mémoire qu'à quatre ans environ, après notre arrivée en métropole. Mon premier souvenir la montrait en train de jouer avec des petites voitures. L'élection de ce jouet n'allait pas avec le reste de ses choix qui la portaient plutôt vers les accessoires convenus des petites filles. Elle les rangeait inlassablement dans un ordre dont je n'ai jamais saisi la logique et se mettait terriblement en colère si quelqu'un s'avisait d'y toucher. Elle s'installait toujours accroupie sur le carrelage de la cuisine. Elle en avait des dizaines et des dizaines. Elle les connaissait toutes et sûrement par crainte de les perdre, ne les sortait jamais dans le jardin ni même sur le seuil de la maison. Elles étaient son bien, son trésor, son mystère. Quand elle jouait – mais jouait-elle ? – elle ne faisait aucun bruit. Elle les déplaçait seulement, les ordonnait, les retournait. Elle s'occupait à cela dès qu'elle rentrait à la maison après l'école jusqu'à l'heure du retour de mon père. Elle remettait alors immédiatement ses petites voitures dans leur caisse et filait dans le jardin.

Nous ne logions pas à la caserne avec les autres familles de gendarmes, c'était là le privilège de ceux qui étaient affectés à l'entretien des véhicules que d'avoir une maison en ville, proche mais indépendante. Malgré l'interdiction du règlement militaire, je traînais souvent sur le lieu de travail de mon père pour l'observer, le plus souvent assise sur les pneus empilés dans la cour du garage. Dans ces moments-là, j'avais un père et il était ce mécanicien qui me disait d'approcher pour déposer dans ma main des billes de roulements, lourdes et brillantes, que m'enviait l'école entière. Au décours d'âpres négociations avec des camarades, il m'arrivait de consentir à en céder une ou deux mais c'était rare, je préférais les sentir peser dans ma poche ou s'entrechoquer dans ma trousse. Sa façon de s'occuper des voitures me fascinait : d'abord il se tenait debout devant le véhicule, capot ouvert, moteur en marche, tête penchée du côté opposé à la cigarette allumée entre ses lèvres, les mains dans les poches de son « bleu », les yeux plissés. Puis d'un coup il jetait sa cigarette, l'écrasait de son lourd soulier et, pour éteindre le moteur, rentrait son corps à demi dans l'auto par la vitre baissée de la portière. Puis il se redressait, passait ses doigts dans la mèche décoiffée et commençait à réparer. Je le retrouvais parfois à l'atelier en fin de sa journée juste pour le plaisir de le voir laver sous l'eau froide, d'un geste rond et appliqué, la pommade blanchâtre qui protégeait ses mains du cambouis. À la maison aussi, mes yeux ne le quittaient pas. Il se tenait souvent face à la télé, derrière sa chaise, les avant-bras posés sur le dossier, les doigts croisés, la tête baissée comme s'il écoutait attentivement. Puis il se redressait et allait faire du bruit dans la cuisine, je l'entendais tousser un peu, entrechoquer des verres et fermer un placard. Mon regard relevait ses moindres faits et gestes pour me faire de lui une idée stable et l'avoir à disposition pour les fois où les draps du lit et l'obscurité de la chambre brouillaient ses contours.

Je savais quand une crise s'annonçait. Avant chacune d'elles, les mains jointes dans le dos, les jambes droites, les mollets en arrière comme tous les hommes de la famille, se tenant comme au repos dans un corps militaire, il restait des heures debout, le poêle derrière lui, sans bouger, les yeux fixés sur la porte d'entrée qui faisait face. Puis d'un coup, il reprenait son pas traînant et rentrait dans sa chambre. Il n'en ressortait plus pendant plusieurs jours. Les années passant, il n'y eut bientôt plus de périodes où l'on aurait pu dire qu'il allait bien ; qu'il aille mieux suffisait à notre vie de famille. L'antre était alors aéré, son assiette remise sur la table et ses chaussons réapparaissaient sur le palier. La vie reprenait. Parfois la nuit Agnès et moi l'entendions sortir de sa chambre, glisser dans le couloir et il semblait toujours qu'il s'arrêtait devant notre porte. Nous ne savions plus alors qui écoutait l'autre. La respiration d'Agnès faiblissait, un espoir fou déjouait mon angoisse : allait-il toquer pour me demander de venir discuter avec lui dans le salon ? Je m'endormais finalement, longtemps après, mais toujours avant qu'il s'en aille.

L'aurore passait ensuite sa main pâle sur les plis de la nuit et le jour se levait, impassible, sur un monde défroissé.

*

Nous ne nous étions pas vus depuis plus d'un an, j'avais roulé sept cents kilomètres pour lui parler et nous dînions là, en ce début de repas, presque sans nous adresser la parole. Il y a des folies insinuées plus fortes que les fracas du délire, des distorsions plus discrètes que l'éblouissement des hallucinations, des silences plus assourdissants que le brouhaha des voix… Nous, nous étions là, installés à table, et rien ne se passait ouvertement qui pût justifier qu'un psychiatre nous donne quelques gouttes…

Je n'eus l'idée pour soulager ma tension que de raconter l'épisode du sanglier qui avait préféré plonger dans le vide qu'être tué par les chasseurs. Mon frère me jeta un regard incrédule, essuya ses lèvres avec sa serviette. « T'es complètement marteau de te balader dans le maquis quand la chasse est ouverte… » fut sa seule réponse.

J'aurais pu le tuer sur-le-champ tandis que, soulevant son corps lourd, il se penchait au-dessus de la table pour attraper le melon ; le faire mourir simplement, pour cette fois et toutes les précédentes où j'avais attendu en vain un peu de compassion, une complicité, un clin d'œil. Par lui, je n'avais toujours été que déçue. Mais j'y revenais sans cesse et il me lâchait toujours. La déception était un risque chaque fois encouru, sa seule possibilité me causait un étourdissement durable. Elle provoquait dans mon être un vertige qui menaçait à tout instant de faire basculer l'ensemble. Pourtant, je tentais toujours de nouvelles accroches, quitte à me laisser martyriser.

Mon père n'avait rapporté de Guyane qu'un « Souvenir de Cayenne », une petite guillotine fort bien ouvragée, garantie pour être la réplique miniature de la vraie. Elle était fabriquée par des forçats reconvertis dans l'artisanat, devenus vieux sans avoir pu quitter les pierres chaudes des bâtiments envahis par la végétation.

Cette petite guillotine était vendue pour trancher le bout des cigares. Elle me rappelait l'histoire du clin d'œil entre les deux copains et comme mon père ne fumait pas de cigares, je pensais qu'il voyait comme moi dans cette sorte de totem un hommage à la fraternité et à l'indivisible puissance des corps. Je racontais encore et encore cette histoire à l'école et les ricanements de mes camarades n'entamaient pas ma crédulité. J'éprouvais pour cet objet sinistre un respect religieux qu'aucun des détails sordides de l'histoire ne mettait à l'épreuve et je m'appliquais à tous les rapporter, scrupuleusement.

Puis la guillotine disparut du buffet où elle s'exposait, coupant court aux exécutions sommaires que mon frère singeait en y mettant le doigt que je lui tendais. Je me ravisais chaque fois trop tard, il s'apprêtait à décrocher la cordelette qui retenait la lame : « Ça ne fait mal qu'une seconde. » Quand il considérait que j'avais assez hurlé, il lâchait son emprise et me laissait m'enfuir. Spectatrice de la scène, Agnès poussait des cris d'épouvante en se cachant les yeux et c'est elle finalement qu'il consolait en me traitant d'idiote qui croyait tout ce qu'on disait. Il la serrait longtemps contre lui, avec une tendresse qu'on ne lui connaissait pas. C'était à croire qu'il ne m'effrayait que pour prendre Agnès dans ses bras. Mais je savais l'empreinte tenace de la frayeur sur le morceau d'enfance qui restait à ma sœur et dont aucun anniversaire ne sut la débarrasser. Tant de choses passèrent à la trappe… Mais pas ses terreurs, qu'elle avait fini par attendre, prête à s'y plier encore et à se soumettre.

Agnès avait peur de tout. Tout le temps. Je devais aller la chercher à l'école pour l'aider à passer sous l'immense prunier de notre rue, en toutes saisons chargé d'oiseaux. De la nuit qui lui tomberait dessus avant d'être rentrée à la maison si nous tardions ou de cet arbre grouillant de volatiles aux ailes imprévisibles, elle n'arrivait pas à décider ce qu'elle supporterait le mieux. Chaque jour se répétait le même drame. Finalement, elle se laissait traîner par le col en se bouchant les oreilles à l'approche de l'hostile prunier et ses hurlements affolaient les oiseaux qui s'envolaient bruyamment et criaient de plus belle. Puis c'était à mon tour de la terroriser en la coursant dans notre jardin, feignant de tenir entre mes mains jointes un oiseau mort ramassé. À bout de souffle, elle poussait la porte de la maison et se jetait sur le canapé. Agnès était sérieuse. Elle mourait de sa peur à chaque fois. Elle est morte mille fois, je ne la ranimais que pour l'effrayer de nouveau et nous aimions éperdument ces frousses, elle parce que ses angoisses y trouvaient un objet et moi parce que je savais alors ce qui l'épouvantait. Ses inquiétudes constantes m'alarmaient et je n'avais de cesse que de fournir des raisons à son malaise. J'étais, pour elle, prête à tout. Mon imagination jetait le voile de ses fictions sur le gouffre qui retenait ma sœur. Une curieuse intuition m'avait convaincue qu'elle n'était pas folle mais qu'elle l'était devenue et qu'elle ne parvenait pas à cesser de l'être. J'avais l'idée qu'un rien lui avait fait rater l'accroche. Je pensais que notre regard sur elle, où comme tous les petits enfants elle avait bu à pleines goulées le sentiment de son existence, s'était détourné et que ce tarissement brutal lui avait arraché son propre regard, ne laissant à ses yeux que leur bleu, le bleu sombre de ses yeux échoués.

Les beaux yeux de cette enfant. D'une pureté glaciale et d'un détachement si parfait. Ils étaient tout entiers à eux-mêmes parce qu'ils ne regardaient pas. Chacun s'extasiait de leur couleur exceptionnelle, limpide et dense, qui donnait à son visage des reflets de mer immense.

Mais chacun se concentrait sur le bleu scintillant de son iris pour s'empêcher de crier : « Mon Dieu, n'y a-t-il donc personne chez cette enfant-là ? »

*

Mon frère me regarda par en dessous en remplissant mon verre. Puis il appuya son large dos contre le dossier de sa chaise.

— Agnès m'a téléphoné en mai pour me dire qu'elle allait enfin présenter sa thèse, dit-il soudain avec un sourire en coin. C'est bien, elle va peut-être commencer à travailler…

C'était le moment idéal, j'aurais pu saisir cette occasion. Mais non, une fois de plus, je pris les choses à l'envers et, dans l'espoir d'une petite complicité avec lui, je trahis ma sœur. Il ne me vint pas à l'esprit que l'ironie de mon frère masquait une inquiétude réelle et ce malentendu me jeta dans la plus veule des compromissions :

— C'est vrai qu'elle aura pris son temps… répondis-je d'un air crâne.

— Tu ne l'as jamais vraiment soutenue, pas vrai ? me dit-il avec un peu de poussière dans la voix.

Mon humiliation chercha le secours de la rage : j'avais tenté de me rapprocher et il m'avait claqué la porte au nez. J'étais de nouveau dehors à secouer la poignée en donnant des coups de pied dans le battant. Pourquoi ne voulait-il pas de moi ?

Mais une vague que je ne vis pas se former noya les deux et me laissa, le calme revenu, parfaitement apaisée entre les eaux claires d'une évidence jusque-là confuse : j'avais passionnément aimé ma sœur. Elle m'évoquait un continent lointain dont j'aurais eu la nostalgie sans l'avoir ni connu ni quitté, comme on prête une terre de retour aux âmes errantes pour rêver avec elles des rêves d'origine. D'où venait-elle où je n'avais pas été ?

Agnès m'obsédait, j'aimais cette hantise, mais rendue à moi-même je lui faisais payer cher la fin du ravissement. Je ne la soutenais pas en effet quand elle manquait de mots pour résister aux assauts de sidérations successives. Je la secouais au contraire, sachant que je n'obtiendrais que mon propre soulagement mais j'évitais ainsi la contagion de ses paniques et l'aspirante tristesse de son enfance. Elle ne savait pas se servir du monde et quand d'aventure elle s'y employait, elle déclenchait une série de catastrophes dont la gravité était relative mais la récidive ulcérante : les cabanes s'écroulaient parce qu'elle s'appuyait exactement contre la planche instable, les balles étaient lancées trop loin, l'élastique du déguisement claquait, il pleuvait finalement, tout se cassait, se perdait, se déchirait, était gâché. Les façades tombaient, les semblants glissaient et le monde derrière était surpris dans son chaos comme un corps honteux privé de ses pudeurs. C'est moi qu'elle rendait folle avec ses maladresses calamiteuses. Mais sa gaucherie était un crève-cœur. On aurait pu croire que c'était ma colère mais c'était mon dépit qui hurlait. Je la bousculais et je la repoussais, prise de dégoût et accablée ; elle consentait à mes violences, petite cellule agitée d'une vie tenant aux soubresauts de la peur. Toute mon existence s'était attachée au piquet de sa folie et si la corde lâche pouvait permettre que je m'éloigne un peu ou donnait l'illusion que j'étais sans licol, je restais cependant dans ses alentours et tout me ramenait à elle. Je croyais me livrer volontairement à la fascination qu'exerçait sur moi son ciel ouvert mais j'y étais plutôt tenue par un désir insensé d'écouter ce qu'elle entendait, de regarder ce qu'elle voyait. Mes bords, hélas ! faisaient limite et tourner autour d'Agnès ne creusait qu'un fossé cernant sans le toucher son être réfractaire.

Car n'est pas fou qui veut. Chassé, il faut avoir tenté en soi tous les recoins possibles et n'y avoir trouvé aucun refuge. Il faut avoir de l'angoisse épuisé les traitements : peur des oiseaux, du noir, des autos, des microbes, du passé, de l'avenir, de l'échec, de soi, des autres, sans en tenir une qui vaille. Avoir fait l'épreuve que ça ne tient pas. Il faut avoir dans l'effroi senti ses jambes s'enfoncer dans le sol, son corps entier les suivre, jusqu'au cou, et l'ensevelissement cesser là, la tête condamnée à être de ce monde sans le secours de la chair. La folie n'est pas de perdre la tête mais de n'avoir plus qu'elle, d'être seulement sa tête.

— J'ai essayé de l'aider, répondis-je doucement à mon frère. J'ai fait plein de choses avec elle.

Pourquoi ce souvenir précis me revenait-il ?

— C'est même moi qui lui ai appris à faire du vélo. Pour me suivre, elle avait accepté d'essayer. Elle était malhabile et nerveuse mais déterminée. Agnès ne comprenait rien à rien et cette débilité se doublait d'une incapacité à renoncer. Elle ne se décourageait jamais. Mais ses efforts pour bien faire me crispaient et la voir tenir le coup, portée par mes encouragements tyranniques, m'infligeait une culpabilité maintes fois endurée mais soluble dans l'exaspération.

Ce jour-là, je l'ai regardée monter, tomber, remonter, retomber et monter encore sur son vélo qui gondolait. Toute son enfance était concentrée sur mes indications et sur l'effort tendu vers un équilibre qui lui échappait toujours. Elle ne lâchait pas : elle se relevait, soufflait sur ses paumes râpées, apaisait discrètement ses genoux en dépoussiérant son pantalon et elle enfourchait de nouveau la machine indocile qui se recouchait quelques mètres plus loin en tordant son guidon. Elle trouva finalement la balance adéquate. Elle m'avait lancé quelques regards furtifs, gênée d'aussi piteux essais. Mais je crois qu'elle espérait juste que mon regard ne manquerait pas l'instant du démarrage et que je serais témoin de son entrée enfin réussie dans le monde normal. Je le manquai pourtant car déjà elle pédalait et j'étais trop absorbée par le souhait qu'elle ne chute pas pour me rendre compte qu'elle n'était pas tombée.

Le vélo ne la mobilisa pas très longtemps. J'avais beaucoup insisté en lui faisant miroiter les formidables promenades que nous ferions ensemble et j'ignorais pourquoi elle s'était un temps laissé convaincre car elle sortait rarement du petit cercle de vie où elle avait ses habitudes, c'est-à-dire de la maison, au plus loin, du jardin. Je m'étais mis en tête à cette époque de l'entraîner ailleurs, à ma suite puisque alors, sans que l'exclusion ne soit clairement prononcée, on me préférait plutôt loin du périmètre familial. Mais elle était vite retournée dans son abri et je continuai seule et sans relâche d'arpenter les alentours sur mon vélo. Durant mes longues balades, je ne pensais qu'à elle et mes rêveries devaient avoir la force d'hallucinations car à la fin de la journée j'aurais été bien en peine de dire combien de kilomètres j'avais ainsi parcourus et par où j'étais passée.

Un après-midi, je crus voir Agnès rouler dans l'herbe sèche puis aller s'asseoir sur le muret qui séparait notre jardin de l'autre jardin, abandonné. De notre côté des plantes, des pieds de lourdes tomates bien attachés, des tipis de haricots verts, des salades en rang. De l'autre, la broussaille, les ronces, des arbres tordus. Agnès porta sa petite main au-dessus de ses paupières pour barrer la lumière. Les aspérités du mur grattaient le dessous de ses cuisses, qu'elle soulevait l'une après l'autre. Agnès s'étira, proposa son doigt à une coccinelle qui s'envola aussitôt avant de laisser compter son âge. Elle posa ses deux mains sur ses genoux poussiéreux, les inspecta et avec un peu de salive y traça un chemin clair aux bords noirs. Elle soupira. Le paysage retrouva un peu de précision entre ses yeux plissés. Il suffisait de s'habituer. Elle aperçut un pied familier qui dépassait du massif de marguerites.

Y a-t-il d'autre enfance que silencieuse et morcelée, attachée à son brin d'herbe, son insecte laborieux, son caillou dans la chaussure, son motif de tapisserie, ses stries de lumière sur le plafond à travers les volets, son trou de nappe, ses fissures de dalles à éviter en rentrant de l'école et surtout le bruit du bâton sur la grille derrière laquelle court et aboie un chien rendu fou ? De l'enfance on est poussé dehors et l'on emporte trois fois rien des grandes choses qui en ont fait l'ordinaire, pas plus que des toutes petites qui en ont marqué la fin.

Elle devina sa poupée perdue. D'un coup de reins, elle sauta du muret et s'approcha du massif. Elle s'accroupit et considéra quelques instants la chose avant de la tirer par le pied. La poupée entière apparut, des brindilles accrochées aux vêtements et aux cheveux fauchés court quelques jours plus tôt d'une main malhabile mais décidée. Elle n'était plus tout à fait la même ainsi salie et mutilée, égarée et retrouvée par hasard, et Agnès n'était pas très sûre qu'elle fît encore partie de ses jouets. Cet oubli la lui rendait plus précieuse mais aussi étrangère. Le temps passé sous le buisson sans qu'on songe à l'y chercher, ni même à la chercher tout simplement, avait coupé le lien ordinaire et familier comme si la poupée y avait vécu une vie propre et sans retour, qui ne se raconterait pas et qui ferait à tout jamais comme un trou dans leur relation. Plus que la dégradation, c'était bien cette absence chargée qui donnait au jouet une allure monstrueuse et attirante. Agnès hésita, saisit la poupée qu'elle laissa pendre au bout de son bras, fit un tour de jardin en sautant sur un pied et revint à la même place. Enfin, aussi fort qu'elle le put, du côté des poubelles du voisin afin que nul ne se mette en peine de la lui rapporter, elle jeta loin d'elle la poupée. Et reprit son jeu préféré.

*

Nous avions fini de dîner, la soirée s'entêtait sous les lampes de la terrasse qui résistaient stoïquement au siège de la nuit.

Mon frère se leva brusquement et éclaira la table du salon où gisait la grande plaque de son arbre généalogique. J'aurais parié qu'il n'avait attendu que ce moment-là.

— Tu as vu? Je suis allé aussi loin que possible, j'ai presque tous les noms.

Je me suis arrachée à ma chaise et penchée, près de lui, sur la table.

— Oui, j'ai regardé tout à l'heure et en voyant le nom du grand-père Antoine, j'ai repensé aux histoires racontées par maman…

Je ne démordais pas de garnir d'un peu de chair le squelette de cet arbre généalogique. Il m'arrêta net:

— Moi, ce qui m'intéresse, c'est les noms.

C'était sans appel et je fus sans voix. Il caressa du doigt les sillons de sa planche comme on suit une fissure puis tapa soudain du plat de la main.

— Mais je t'écoute, ajouta-t-il avec une mauvaise

voix. Tu tournes autour du pot depuis que tu es arrivée. Tu as quelque chose à dire, non ?

Sur son visage sombre, la clarté de la lampe n'était pas la seule à marquer des cernes. J'étais à sa merci, j'avais cru le traquer et je n'avais jamais cessé d'être la proie. Chercher une issue dans cette panique qui me gagnait m'exposerait à tous les dangers.

— Agnès est à l'hôpital depuis quinze jours, articulai-je vaillamment.

J'eus l'impression que ce seraient mes derniers mots.

Il ne demanda ni pourquoi ni quel hôpital.

— Ha oui ? Et c'est quoi le rapport avec les singes coincés pour être décapités ? Pourquoi tu m'as parlé de ça ? En réalité, c'est toi le singe agrippé à sa banane ! Aucune menace ne te fait desserrer ton emprise, pourtant tu ferais mieux de lâcher !

Il pointa son doigt vers moi mais le baissa aussitôt. De guerre lasse. Il était un tueur fatigué que la tentation pouvait encore amuser mais que le crime ennuyait désormais.

— J'ai besoin de comprendre ce qui s'est passé dans cette famille, lui dis-je, réanimée par son mépris.

— Papa était malade ! C'est quoi cette connerie, que vous aviez peur Agnès et toi ?

— On avait peur de lui parce qu'il était bizarre quand il était malade, voilà pourquoi !

— Ça veut dire quoi « bizarre » ? Il était méchant, dangereux ? Non ? Alors ?

— On avait peur quand même !

— Tu ne sais pas ce que c'est que la peur !

— Et toi, tu sais peut-être ?

Cette conversation qui nous renverrait dos à dos après nous avoir mis face à face était périlleuse. Je n'avais pas senti le ton monter, je n'avais pas assez bien regardé les yeux de mon frère pour voir qu'ils étaient devenus fous. Il me plaqua contre les étagères et me hurla si près du visage que ses paroles résonnèrent dans ma propre bouche.

— Oui, je sais ! Et je vais te dire, moi, ce qu'est la peur, je vais t'en raconter une, d'histoire !

Je le repoussai pour me dégager. Il me lâcha mais ne s'écarta pas. Il m'avait fait mal.

— Alors, comme ça tu veux savoir ? Tu en es sûre ?

Il cherchait à être provoqué. Il poursuivit avec commisération :

— Évidemment… Tu adores ça, mettre ton nez partout. Depuis que tu es petite, tu épies, tu farfouilles, tu renifles, tu questionnes, pourquoi ceci, pourquoi cela… Je n'en peux plus de tes interrogatoires ! Tu crois que je n'ai pas compris ton allusion avec le sanglier ? Il ne s'est pas suicidé ton sanglier, il n'a pas pensé au gouffre, il a couru droit devant lui parce qu'il était poursuivi, point final. Et si c'est là que tu voulais en venir, je ne poursuivais pas Agnès quand elle a sauté dans la piscine : j'ai compris qu'elle allait se jeter et je me suis précipité.

Il respira lourdement.

— Tu fais des liens, des nœuds, des théories… Mais

c'est très simple au fond : papa était déprimé parce qu'il était malade de vivre, la mère est partie parce qu'elle n'en pouvait plus de lui. Et d'Agnès aussi. Parce que Agnès, je ne sais pas si tu t'en es aperçue, elle est complètement cinglée !

Il accusa le coup de sa propre remarque. J'en profitai.

— Justement, je voudrais comprendre pourquoi, lui dis-je. Et aussi ce qui a si longtemps rendu papa malade, de quoi vraiment il est mort…

Il rapprocha de nouveau son visage du mien.

— Arrête avec ça ! Les morts sont morts. Tu auras beau sans relâche essorer leurs histoires, pas une goutte de vérité vraie n'en sortira. Seulement une mélasse ! La seule chose tangible, c'est les noms, les dates. Ça m'intéresse parce que ça fait des segments et je regarde sur ma planche comment ils se superposent. Le temps commun passé ensemble, c'est ça qui fait une famille. Combien de temps avons-nous partagé la même portion d'existence ? Nous cinq par exemple : on a passé huit ans ensemble, c'est tout. C'est quoi à l'échelle d'une vie ? Que veux-tu qu'on sache les uns des autres en si peu de temps ? Sans compter que pendant ces huit ans, on n'a pas vécu les mêmes choses. Ça ne t'a jamais effleurée ça, qu'on n'avait peut-être pas vécu les mêmes choses ?

Je le contournai et allai me rasseoir à la table. Il fit volte-face et il vint se planter en face de moi, un pied sur une chaise, un coude sur la cuisse.

— Tu dois comprendre une bonne fois pour toutes

que les choses arrivent comme ça, ça te tombe dessus par hasard, il n'y a pas de cause, il n'y a que des effets. Un jour quelque chose t'arrive, l'instant d'après ça t'est arrivé.

Il tira la chaise et s'assit.

— Comment on fait avec cette déchirure, qu'est-ce qu'on fait d'un trou qu'on ne peut pas raccommoder ?

Il passa une main sur son visage et soupira. Sa fureur avait cédé.

— Tu es une petite couturière, toi. Fil à fil, tu assembles et tu brodes. Tu as bien de la chance au fond et je t'envie de pouvoir faire ça. Mais tu brodes parce que tu ne sais pas.

Mes efforts pour le suivre ne me conduisaient nulle part. Je ne voyais pas où il voulait en venir mais je l'écoutais en retarder le moment.

— Je ne comprends rien à ce que tu me racontes, lui dis-je découragée. Qu'est-ce que je ne sais pas ?

Il décala sa chaise pour allonger ses jambes. Il me fixait durement moins pour m'impressionner que parce qu'il voulait se tenir.

— Un nom manque sur cette planche. Pourtant, il est au cœur de notre histoire et toi qui aimes les histoires, lâcha-t-il après un silence, tu vas adorer celle-là.

Je compris à cet instant qu'il avait reculé jusqu'à l'absurde pour prendre de l'élan et que, toutes ses digressions parcourues, il avait gagné en vitesse et en puissance : il était au moment du grand saut.

— Je parie que ça va devenir ton histoire préférée… me dit-il.

Il brancha la pointe à graver. Puis, entre les noms de nos parents et les trois nôtres, il dessina des lettres, distinctes une fois dissipée la fumée du bois brûlé : MARCEL JANVIER.

*

Il m'accorda de longues minutes, inutiles car ce nom n'accrochait rien pour moi.

— Qui est-ce ? finis-je par lui demander.

— Un orphelin. Il a été trouvé sur les marches de l'église Saint-Roch au début de l'année 1901, le jour de la Saint-Marcel. D'où son nom, Marcel Janvier. D'après les documents, il quitte l'orphelinat à douze ans pour entrer en apprentissage. Puis on perd sa trace jusqu'à seize ans où il se fait connaître pour des vols répétés. Il est alors régulièrement écroué dans le quartier des mineurs, la « Souricière ». C'étaient d'abord des petites condamnations, juste quelques mois. Finalement il prend dix ans ferme : le commerce de la cocaïne avait démarré à Paris, il était livreur et il s'est fait pincer. Comme c'est un récidiviste, il est puni à la peine de la relégation au bagne de Cayenne, comme tous ceux qu'à l'époque on croyait irrécupérables.

Je ne saisissais pas pourquoi il me racontait l'histoire de cet homme si ce n'est que nous avions donc avec lui la Guyane en commun mais à des époques évidemment très éloignées. Ça ne me renseignait pas sur son lien avec notre famille. Les détails donnés par mon frère indiquaient qu'il avait mené des recherches approfondies.

— Bref, il arrive au bagne à vingt-quatre ans après avoir purgé la moitié de son temps à la prison de la Santé, dans l'attente de la transportation… La traversée durait plusieurs semaines et les convois débarquaient à Saint-Laurent-du-Maroni…

Cette façon méticuleuse et presque solennelle de retracer le parcours de ce Marcel Janvier donnait à son récit les accents d'un témoignage. Il en parlait comme s'il savait tout sur lui et si bien qu'il pouvait en faire un exposé concis, comme si même il l'avait vu entre les autres condamnés qui descendaient du bateau…

— … sur le quai, cage après cage, attendus par des gardiens en tenue kaki, avec un casque colonial et un revolver d'ordonnance attaché à la ceinture, continua-t-il. La route du pénitencier était longue d'environ cinq cents mètres jusqu'au camp de la transportation. Les gars étaient ensuite répartis sur différents camps selon la nature de leurs crimes et pouvaient passer d'un camp à un autre en fonction de leur conduite. Mais on séparait les « pieds-de-biche », petits voleurs sans envergure, des vrais forçats qui en faisaient leurs souffre-douleur ou pire…

Mon frère essuya les coins de sa bouche et frotta son menton. Un écœurement me gagnait qui tenait aussi à l'énervement que m'infligeait le goutte-à-goutte de son récit.

— À Cayenne, les installations du bagne n'étaient pas très importantes, situées à l'extrémité nord, entre la mer et la forêt. L'administration pénitentiaire, la « tentiaire », envoyait en ville les transportés qui ne risquaient pas de s'évader. Cayenne, c'était « Tafiaville », pour les bagnards qui se finissaient à ce mauvais rhum. Ce sont eux qui ont construit la caserne dans la brousse où nous habitions.

Il semblait tout connaître du bagne, en avoir en tête la géographie, les usages et, plus étonnamment, le lexique. Je trouvais son récit intéressant mais ça ne me disait toujours pas la place centrale que mon frère semblait accorder à ce repris de justice ni comment on aurait pu se rencontrer. L'intuition naissait pourtant que cet homme marchait lentement vers moi.

— Tu ne le sais sans doute pas mais il y avait ce qu'on appelait le doublage, le condamné devait rester dans la colonie un temps égal à celui de sa peine si elle dépassait huit ans. Au bout de dix ans, Marcel Janvier a donc été affecté à Saint-Jean-du-Maroni en tant que relégué collectif. C'étaient des parias, désavoués par les forçats qui les appelaient aussi des « demi-sel » et les soumettaient à leurs caprices. Les relégués collectifs travaillaient le matin dans l'enceinte du bagne et y rentraient le soir. Lui, il fabriquait des balais et l'après-midi, il chassait des morphos qu'il cédait aux gardiens en échange de petits arrangements…

Je l'interrompis sur ce point étonnant du récit de ses recherches.

— Et tu as lu ça dans des documents ? demandai-je incrédule.

Il se leva pour se servir un verre d'eau qu'il but lentement à petites gorgées.

— Il me l'a raconté, dit-il en reposant son verre dans l'évier.

— Comment ça ? Tu l'as connu ?

Il ne répondit pas tout de suite à ma question. Il se baissa pour caresser son chien et resta un moment accroupi à flatter l'animal qui s'était mis sur le dos.

— Toi aussi, dit-il en se relevant.

Il m'observa avec attention pour constater sur moi l'effet de désordre produit par cette révélation. Mais j'avais beau retourner ma mémoire à la hâte, éparpiller mes souvenirs, Marcel Janvier restait introuvable.

— Je te dis que je n'ai jamais connu de Marcel Janvier ! insistai-je agacée.

Mais je sentais que nous étions sur le point de nous croiser, il était là, il suffisait que je me retourne.

— Forcément, dit mon frère, on l'appelait Coco.

J'avais besoin qu'il répète ce mot tout rond qui dans un battement s'était ouvert et fermé sur un souvenir, pas même entrevu, juste le frémissement d'une présence aussitôt retirée, palpitant en dedans.

— Comment tu dis ?

— Coco !

La voix de mon frère frappa ses deux petits coups et de la coquille brisée du nom le souvenir lentement s'extirpa : d'abord une vision de brousse, puis des sandales tressées, un pantalon de toile bleue, des mains de bois sculpté, une chemisette grise et sous le chapeau le large visage d'un homme si grand que je devais toujours basculer ma tête en arrière pour aller jusqu'au bout de son corps. Je me le rappelai enfin, et aussi l'excitation de mon frère dès que cet homme apparaissait chez nous.

— Coco… Coco le chasseur de papillons avec qui vous alliez en forêt papa et toi ?

Il s'adossa au mur, les mains dans les poches.

— En fait, il s'appelait Marcel Janvier. J'ai trouvé son vrai nom en contactant la gendarmerie de Cayenne. Je voulais la confirmation qu'il y avait bien un ancien bagnard qui était mort là en octobre 69.

Je repensai au bagnard suicidé dont ma mère avait parlé. Mais ma mémoire s'en détourna et fit un décroché :

— On est rentrés en décembre de cette année-là, non ?

Mais ce n'était pas par là que mon frère voulait passer.

— J'ai commencé à faire des recherches sur ce gars quand papa est mort. Ça a été long mais assez facile, mon poste à la brigade des recherches me donnait accès à des documents confidentiels. C'est comme ça que j'ai pu retracer toute sa vie. D'ailleurs quand mon enquête a été finie le boulot ne m'a plus intéressé. J'étais arrivé au bout de quelque chose. Je ne pouvais plus travailler, j'ai arrêté.

Il prit une grande respiration. Puis il poursuivit :

— En fait, il aurait purgé sa peine à trente-neuf ans s'il n'avait pas été condamné à perpétuité pour avoir tué un forçat qui avait tenté d'en faire sa môme. Il aurait dû être envoyé au camp de Charvein, le plus redoutable, mais il est allé cinq ans sur l'île Saint-Joseph, une des trois îles du Salut. C'était l'île du silence, la guillotine sèche. Les bagnards y crevaient de chaleur, de maladie ou de solitude. Au nord, on pouvait voir l'île du Diable. Elle a la forme d'une larme.

Ses silences, ses écarts, ses parenthèses me mettaient à vif mais je sentais qu'il avait du mal à s'approcher. Il se rassit en face de moi.

— Coco racontait qu'il était revenu de Saint-Joseph cassé, définitivement calmé. De retour à Saint-Jean-du-Maroni, il va s'occuper de la buanderie. Puis la « tentiaire », l'affecte comme garçon de famille à Cayenne jusqu'à la fin effective du bagne en 1943. La liquidation prend dix ans et la plupart des bagnards sont rapatriés. À cinquante-trois ans, il n'avait aucune raison de rentrer, ni les moyens. Les années au bagne l'avaient endurci mais il reconnaissait qu'elles avaient aussi fait de lui un peureux. Il s'installe alors comme empailleur d'oiseaux et chasseur de papillons. Il disait que le goût pour ça lui venait de loin puisqu'à Paris, avant le trafic de cocaïne, il était arracheur d'ailes d'hirondelles. À l'époque, les bourgeois payaient cher les plumes fraîches pour orner leurs chapeaux de soirée… Il fait chaud non ? Je ne sais pas si je ne vais pas reprendre une douche. Tu veux une liqueur ?

J'étais prête à avaler n'importe quoi pourvu qu'il ne quitte pas la pièce.

— C'est un jasmin de Cayenne, me dit-il en nous servant. Il n'y avait que ça sur les bords du Maroni, et aussi des flamboyants le long des routes. Je me souviens surtout des palétuviers rouges ou blancs selon la mangrove, si on était dans l'estuaire ou sur la côte. Ceux de l'estuaire, les rouges, avaient de longues racines-échasses en forme d'arceaux, on aurait dit des pattes d'araignée géante. On pouvait passer dessous. On s'y cachait parfois. Ça énervait papa qui avait peur qu'on soit piqués par des bestioles…

De cela je me souvenais parfaitement, comme de l'odeur suffocante de l'humus et, après le délice de disparaître, la peur de ne plus pouvoir m'extraire de la poigne des racines…

Il avala sa liqueur cul sec, se resservit et vida de nouveau son verre d'un trait. Le sucre érailla sa voix mais l'alcool était sans secours, mon frère ne se détendait pas et j'étais persuadée que sa grimace ne lui venait pas du jasmin de Cayenne. Pas du jasmin en tout cas.

— Un jour à la chasse j'ai tiré sur un perroquet, un ara bleu magnifique mais je l'ai seulement blessé. Papa était fou de rage, il m'a obligé à aller le récupérer, j'avais peur des caïmans noirs qui clapotaient dans les marais… Il n'a pas cédé. Il m'a dit : « Quand on blesse, soit on achève, soit on soigne. » J'ai retrouvé le perroquet sous des feuilles, je ne savais pas quoi en faire. Je l'avais eu à l'aile et il battait de l'autre furieusement en criant. Il me pinçait de son bec. Papa m'observait sans pitié. Le perroquet m'a échappé évidemment, il a voleté comme il a pu vers les marais et là, un caïman a surgi et l'a bouffé. On est rentrés sans un mot. J'ai été puni de chasse pendant des semaines. Mais ce qui m'a le plus privé, c'est qu'on y allait avec Coco qui connaissait parfaitement la forêt : il racontait des histoires comme personne et j'adorais surtout le voir attraper les fameux morphos, tu sais ces papillons bleu métallique d'un côté et marron de l'autre, avec des ocelles… Tu ne t'en souviens pas bien sûr. Ils sont très grands, parfois jusqu'à vingt centimètres d'envergure. Coco les attrapait avec un leurre de papier argenté. Il s'asseyait sur un tronc en bord de rivière et agitait le leurre. Comme les morphos ont un instinct combatif, ça les faisait descendre au niveau du sol. Alors d'un coup sec et enveloppant il les prenait dans un filet. C'était un véritable spectacle, ce geste large et précis, répété plusieurs fois et chaque fois réussi. Je n'ai jamais vu un papillon lui échapper. Ensuite il fallait libérer le morpho du filet en le faisant glisser dans une boîte en carton. Mais soigneusement, car ses ailes sont fragiles…

Les souvenirs l'arrêtèrent un instant puis il reprit.

— Les murs en bois de sa baraque étaient tapissés de larges pans de tissus rayés rose et blanc. Il m'avait dit que c'étaient des bouts des tenues des bagnards, normalement rayées rouge et blanc mais délavées à cause des poussinières, ces pluies fines qui tombent pendant au moins sept mois de l'année. Il épinglait entiers sur ces tissus épais et rêches les morphos que le filet n'avait pas abîmés. Le plus difficile était de déployer leurs ailes rabattues pendant le transport dans la boîte. C'était fou comme ses gros doigts pouvaient être délicats... Sinon il conservait les morceaux d'ailes pour fabriquer des fonds de plateaux qu'il recouvrait d'une plaque de verre. Sur un des murs de sa baraque, il avait composé un immense morpho avec des bouts d'ailes et des papillons entiers, dessus ou dessous. Ça faisait une nuée de morphos, une nuée en profondeur, à l'infini. C'était magnifique... Il transformait tout ce qu'il trouvait. Avec des plumes de perroquet ou des écailles de tortue, il décorait des boîtes, plein de choses comme ça. Il savait tout faire : des lianes enroulées en dessous-de-plat, des gros insectes, des scarabées rhinocéros, alourdis pour faire des presse-papiers, des boîtes à bijoux et des têtes d'Indiens en noix de coco. Je pensais que c'était pour ça qu'il se faisait appeler Coco. J'ai compris en retraçant son histoire que son surnom venait probablement du trafic de drogue puisque c'est comme ça qu'on appelait la cocaïne dans les années vingt.

Il marqua une pause. Un sourire lui vint.

— Coco, c'était un chasseur exceptionnel. Il arrivait à choper vivants toutes sortes d'oiseaux, des toucans et des petits aras verts, pour les empailler. Son carbet était une vraie caverne aux trésors...

Mon frère était encore traversé par toute la passion éprouvée pour Coco.

— Il n'habitait pas très loin, juste derrière la caserne. Même si papa avait confiance, je n'avais pas le droit d'y aller seul. Mais je le faisais quand même.

La tension montait en moi, en lui l'obstination et le courage.

— Il devait avoir plus de soixante-cinq ans quand on l'a connu. Papa l'employait au garage de temps en temps, il lui faisait ranger les voitures ou pousser sur le pont celles à réparer. Je l'ai toujours entendu le vouvoyer et il exigeait que j'en fasse autant. Coco respectait beaucoup papa, il disait que c'était un Monsieur, qu'il donnerait sa vie pour lui…

Un rictus déforma le visage de mon frère.

— Papa aurait pu lui demander n'importe quoi, je crois. C'était un brave type, mais il était un peu, comment dire… ? Brutal ? Non… pas dégrossi, c'est ça, pas dégrossi et d'une seule pièce.

Je tendis mon verre pour une autre liqueur mais je dus me servir seule car mon frère se leva pour aller s'asseoir sur le canapé. Pas au bord comme d'habitude mais bien au fond, les mains sous ses cuisses et le dos bien calé dans les coussins. J'avais remarqué le tremblement qui parcourait le haut de son corps. Allais-je faire volte-face, m'enfuir et continuer, ma vie durant, à faire comme si j'avais envie de savoir ou bien allais-je attendre de voir sortir lourdement de la vase ce que mon frère en rapporterait ? Je suis restée.

— Agnès avait trois ans, reprit-il. Je devais la garder ce jour-là, parce que Georgette, qui s'occupait d'elle d'habitude, était chez sa mère. La nôtre devait encore être à l'autre bout de Cayenne en train de bavasser. Papa était au garage. Et toi comme toujours, ailleurs. Je suis donc allé chez Coco en emmenant Agnès, juste pour le voir parce que j'avais trouvé derrière chez nous un vampire mort et je voulais le lui offrir. Quand on est arrivés à son carbet, j'ai appelé mais ça n'a pas répondu. J'entendais des sortes de gémissements, j'ai cru que c'était une de ses bêtes en cage. J'ai écarté le rideau tout doucement, il faisait très sombre à l'intérieur mais je suis quand même entré avec Agnès. Un peu de lumière nous a suivis. Alors j'ai distingué Coco de dos, à poil en train de se branler, un bras tendu appuyé au mur. Il a été surpris, il s'est retourné et m'a hurlé dessus. J'ai paniqué, je me suis enfui en laissant Agnès…

Je n'osais pas bouger, mon frère continua.

— Quand je me suis rendu compte que j'avais oublié Agnès, j'ai failli mourir d'angoisse. Mais je n'avais pas le cran de retourner au carbet. J'avais treize ans tu comprends, j'avais fait une grosse connerie et je me suis affolé. Je savais que j'allais me faire salement engueuler et prendre une dérouillée. Alors je ne sais pas comment ça m'est venu mais j'ai filé au garage en hurlant que Coco avait emmené Agnès chez lui. C'est allé très vite. Papa a foncé vers le carbet, j'ai couru derrière. Je voulais juste récupérer Agnès. Et là, on a trouvé Coco toujours à poil agenouillé près d'Agnès qui hurlait dans un coin. Il jetait en l'air des ailes de papillons en rigolant. Je sais qu'il essayait de la consoler, il l'a dit d'ailleurs mais vu ce que j'avais raconté papa s'est jeté sur lui et l'a massacré avec la clé à molette qu'il avait gardée à la main. Tout recroquevillé par terre, Coco essayait de se protéger. Il était en sang, les ailes de morphos retombaient lentement en pluie et se collaient à sa peau…

La vision hallucinée d'un grand corps nu trempé d'ailes bleues, riant puis suppliant, ensanglanté, me retourna les yeux.

— Papa était enragé, il tapait, il ne pouvait plus s'arrêter. Puis j'ai entendu Coco dire faiblement : « J'vais pas vous laisser tout perdre M'sieur. » Alors il s'est redressé un peu, s'est agrippé à sa table, il a tendu la main vers une sorte d'outil tranchant et s'est ouvert le ventre. De gauche à droite.

J'ai détourné le regard pour ne pas assister à la scène.

— Papa était sidéré. Ce silence… cette odeur soudain… Ce merdier… J'étais tétanisé. Je ne sais plus quand ni comment on est sortis du carbet, mais on est encore sortis sans Agnès. Elle ne pleurait plus, on ne l'entendait pas, elle s'était cachée, on ne l'a pas vue tu comprends ? Ce sont les gars du garage qui avaient suivi papa en le voyant courir comme ça qui sont ressortis avec elle. Ça a commencé à crier de partout. Papa vomissait en se tenant à un tronc. Je me souviens d'Agnès dans les bras d'un gars, elle avait l'air d'une poupée de cire. C'est moi qui l'ai ramenée à la maison. La mère n'était pas là. Je lui ai donné une douche, je l'ai installée sur le balcon avec ses jouets. J'avais peur qu'elle parle, alors je lui ai dit que tout ce qui venait de se passer, c'était un secret. Elle n'a pas réagi, elle me regardait avec de grands yeux vides. Puis elle s'est mise à jouer en silence.

Je me suis dit qu'elle était petite, qu'elle ne saurait pas raconter, qu'elle allait oublier. Mais j'ai eu peur pendant des mois… Quand l'autre est rentrée, elle nous a juste trouvé un air bizarre. Mais elle était surtout occupée de savoir où tu étais passée. Puis papa est revenu, beaucoup plus tard. Il s'est couché direct et il n'a plus bougé de son lit pendant plusieurs jours. La gendarmerie n'a pas cherché à savoir, ils ont retenu la thèse du suicide. Je crois qu'ils ont couvert l'affaire et de toute façon, un Vieux-Blanc, c'était pas grand-chose…

Agnès, toujours oubliée, jamais revenue. Mon frère, gardant sur son corps la trace de la coupure et en tête le hasard, la mauvaise rencontre, le mensonge et la méprise.

— Je n'en ai parlé qu'une seule fois, quelques jours avant qu'on déménage. Je croyais qu'on partait pour aller en prison. J'ai posé la question à papa. Il m'a répondu qu'il n'y avait aucune raison d'avoir peur, parce que Coco n'était pas mort. Je lui ai dit que si, que je l'avais vu de mes propres yeux. Papa s'est énervé comme jamais, il était effrayant, il m'a forcé à le regarder et il m'a hurlé : « Je te dis qu'il est vivant, j'ai vu ses yeux ouverts qui clignaient, d'accord ? Ce n'est plus la peine d'en parler. Plus jamais. » Ça s'est terminé là-dessus.

On entendit rouler les volets des voisins. Mon frère tendit machinalement le cou vers la terrasse. Son regard passant par mon visage s'y arrêta…

— J'ai cru qu'Agnès oublierait, elle était si petite, souffla-t-il.

Je sentais en lui les tressaillements d'un chagrin lointain, si vieilli qu'il n'y avait pas à en craindre une brutale vigueur mais il peinait à mourir, nourri par un sang vif qui n'avait plus jamais cessé de couler.

— J'y pense tout le temps, mon mensonge m'obsède, les yeux d'Agnès m'obsèdent, ce carnage... je ne trouve aucun moyen de m'en débarrasser. Comment répondre de tout ça ?

J'aurais voulu lui dire quelque chose mais mon corps lourd me plombait là, si loin de lui.

— Est-ce que parler pourrait une seule fois être autre chose que gâcher du silence ? murmura-t-il.

Il marqua une pause.

— Il faudrait des mots nouveaux... Plus exactement, des mots qui n'en seraient pas déjà et n'auraient aucun risque d'en devenir après... Des mots d'usage unique aussitôt volatilisés une fois la chose dite.

Il prit encore un temps.

— Comme cet oiseau qui n'est d'aucune espèce vraiment, je ne sais pas pourquoi j'y pense, j'en ai vu quelquefois au-dessus de l'étang, on l'appelle le balbuzard. Il plane, venu de nulle part, comme s'il passait et soudain il pique l'eau pour saisir en surface un poisson qu'il emporte au loin pour le dévorer et il disparaît. Parfois le poisson est trop lourd et le balbuzard alors peut se noyer tant il peine à dégager ses serres des écailles. S'il arrive à s'extirper de l'eau et à reprendre son envol, on ne le revoit pas. Il ne s'acharne jamais aux mêmes environs. C'est l'oiseau d'une seule prise même s'il la rate.

J'avais l'impression qu'en levant la tête je verrais la trace du balbuzard absorbé par le ciel dans son immensité au point même du silence où s'entendait l'épuisement de son cri.

— Ce qu'on ne peut pas dire, c'est l'horreur.

Mon frère fut saisi par ses dernières paroles, des mots qu'il n'avait pas pensés, jaillissant soudain, qui semblaient n'avoir été formés que dans sa bouche. Ça parlait en lui, mais c'était bien différent de ce qui bruissait aux tympans d'Agnès. Le monde était pour elle une conque posée à son oreille et l'adhérence de leurs pavillons faisait de part et d'autre résonner le vide.

Un instant divisé par l'équivoque de sa remarque, quel sens mon frère allait-il lui donner, qu'allait-il décider d'avoir dit ? Que c'était horrible de garder pour soi une histoire pareille durant toutes ces années ? Ou que toujours les mots seraient impuissants à dire l'épouvante ? Qu'ils manqueraient à jamais pour approcher ce trou infâme bordé par des noms propres… Il laissa muet le malentendu. Il se taisait maintenant.

Au milieu d'eux, dans quel autre monde pourtant avais-je grandi ? J'avais cherché une vérité, j'avais préparé le décor mais c'est à côté qu'elle avait surgi, sur une autre scène. Il y aurait toujours moyen de m'y raccorder car la vérité n'est pas regardante sur la conformité de ses évangiles. Mais le réel, à peine raconté, devenait une autre fiction. C'en était fait de moi, la tête tranchée de la vérité ne me faisait pas de clin d'œil. Il n'y avait pas d'au-delà, ni pour elle ni pour rien. C'était là, à gicler de partout. Mais sa tête allait repousser tranquillement, pour tomber de nouveau et repousser encore. J'avais compris que l'instant d'en savoir quelque chose était au moment même du couperet sur le col. Le reste n'était qu'histoires.

Mon frère venait de rompre le sortilège de mon enfance écarquillée sur des scènes en trompe-l'œil, possédée par le charme d'un texte coulissant. L'enfance n'est pas naïve par définition, elle est crédule par vocation. Les enchantements ne la rebutent pas car elle s'en remet toujours à l'idée d'une explication à venir. L'enfance ne comprend rien, son marasme la pousse à observer le monde affairé mais elle n'est jamais là où il faut, elle bute sur tout, s'accroche à tout, renverse, casse, trébuche avant d'être envoyée dans un coin pour quelques années, le temps d'apprendre comment s'y prennent les grands. Elle attend donc, persuadée qu'un jour elle comprendra. L'enfance croit à la vérité cachée. Elle attend de grandir mais le plus souvent elle vieillira avant, arcboutée sur cette croyance et refusant d'admettre qu'une vie n'est faite que de petits bouts de réel tenus ensemble par des rêveries de paroles, trompeuses et puissantes comme des prières.

— Et maman, demandai-je, elle sait ?

— Qui peut le dire ? répondit-il avec mépris. Est-ce que seulement elle se souvient de Coco ? Elle n'a jamais rien demandé, elle n'en a jamais parlé. On dirait qu'elle a tout traversé sans chercher à comprendre. Pour elle, papa est tombé malade et Agnès était difficile, rien d'autre.

Ma question était idiote mais je l'ai posée :

— Et moi ?

— Toi ?

Je ne pus juger s'il fut ironique, cruel ou magnanime car il laissa tomber sans aucun affect :

— Toi, tu ne fais pas partie de cette famille.

Il s'arracha du canapé et, sans un regard, partit vers sa chambre. Mais il s'arrêta dans l'embrasure de la porte du couloir, l'instant de me dire sans même se retourner :

— Tu pars bien demain ?

Ce n'était pas une question. La porte de sa chambre a claqué. Je n'ai pas bougé du salon. J'ai éteint toutes les lumières et je suis restée dans la nuit jusqu'à ce qu'elle renonce. J'attendais l'aurore, pour voir.

*

La matinée était déjà bien avancée quand je me suis levée le lendemain. Tout était en ordre dans la cuisine, le salon était impeccable, il semblait n'y avoir personne d'autre dans la maison que le chien qui, sans se lever de son tapis, battit puissamment le carrelage de sa queue en tournant sa grosse tête vers moi. Le store de la terrasse était baissé. Je me suis préparée calmement, j'ai pris mes affaires et j'ai cherché mon frère. Il était en train de ranger ses confitures sur l'estrade attenante à l'endroit où était garée ma voiture.

Ce que la nuit m'avait appris avait rendu à leur épure les idées déformées par trop de sens : ce n'était pas la peur qui avait rendu folle Agnès, la peur au contraire était sa trouvaille pour se tenir au monde. La peur des oiseaux, de l'obscurité, de sortir, de s'éloigner de sa mère était autant de petits arrangements avec la folie pour produire un semblant de réalité, un point de contact pour s'accrocher au bord. C'était son invention et le prix à payer pour avoir été sortie du carbet de Marcel Janvier. Je l'imaginais là-bas, immobile et muette, le regard arraché, glissant du corps de Marcel aux oiseaux empaillés, du tissu sur le mur aux papillons, de leurs ailes à leurs ocelles comme des taches qui renvoyaient au brun du sang coagulé sur le sol, au rose et gris du mur, au bleu, aux ronds, aux rayures… Cet œil qui s'entraînait à ne pas voir et jouissait de ne s'arrêter nulle part, trouvant toujours à descendre d'un cran supplémentaire… Agnès qui s'hypnotisait elle-même en fracturant les surfaces pour les réduire à des formes élémentaires et insensées. Les fractales étaient sa solution.

J'ai juste dit à Christophe qu'Agnès avait décompensé et qu'elle avait été internée. Je lui ai dit aussi qu'elle entendait des voix depuis très longtemps et que je n'avais rien dit. J'ai ajouté qu'elle délirait depuis la fin de sa thèse, prise de désarroi quand je lui avais demandé si elle le dirait ou pas à notre mère. J'ignorais alors que j'avais posé une question dont la violence insoupçonnée allait chez elle provoquer cette débâcle. L'interdiction de dire imposée par Christophe avait réduit la vie d'Agnès et laissé la parole à des voix barbares mais surtout l'avait dispensée de faire appel à son jugement et d'une certaine manière lui avait permis de se passer d'elle-même. L'appelant où elle n'était pas, ma question avait précipité son chaos.

Christophe a reculé, chancelé, il est tombé dans les marches de son garage en essayant de se rattraper à l'étagère. Les pots de confitures ont cogné les uns contre les autres, sans casse. Refusant mon aide pour se relever, il m'a demandé de partir.

À l'extérieur où jouaient des enfants, contre la porte en tôle des séries de trois petits coups réguliers étaient données, scandées par une chansonnette: « Un deux trois, Soleil ! » Il a hurlé après les enfants pour les chasser. Je les ai entendus se disperser à la hâte. « Putains de gosses ! » C'était sa réponse.

J'ai soulevé moi-même la porte du box. Une trombe d'un soleil éblouissant déferla d'un coup. La chaleur m'exaspéra, à cette heure déjà elle était accablante. Christophe était toujours assis sur le sol. Nous ne nous sommes pas dit au revoir puisque nous ne nous reverrions pas. Je suis partie et j'ai vu dans mon rétroviseur se fermer lentement la bouche d'ombre du garage.

Je pensais à Agnès, perdue dans ses fractales, à jamais abandonnée dans le carbet de Marcel, en son propre corps portée disparue. Agnès retenue dans un interminable crépuscule sans le recours d'une nuit et le secours d'un rêve. Agnès qui ne connaîtrait plus le soulagement de la répétition du jour qui vient, tour de passe-passe du réel dans un monde endormi et rêveur. Agnès hantée par un cauchemar qui l'avait engloutie et au fond duquel elle s'était réveillée morte.

*** « *Comment cela s'appelle-t-il, quand le jour se lève, comme aujourd'hui, et que tout est gâché, que tout est saccagé, et que l'air pourtant se respire, et qu'on a tout perdu, que la ville brûle, que les innocents s'entre-tuent, mais que les coupables agonisent, dans un coin du jour qui se lève ?*

— Demande au mendiant. Il le sait.

— Cela a un très beau nom, femme Narsès. Cela s'appelle l'aurore.

JEAN GIRAUDOUX – *Électre*

FIN

Composition : Entrelignes (64).
Achevé d'imprimer
par l'Imprimerie Floch
à Mayenne, en mai 2020.
Dépôt légal : mai 2020.
Numéro d'imprimeur : 96245.

ISBN 978-2-7152-5504-3 / Imprimé en France.

368625